M. H. Müller

Rosen über'm Grab

AF216564

Ein MM-Krimi

Zum Inhalt:

Die Geschichte beginnt 1923 als Familiengeschichte, geht weiter als Liebesgeschichte über den 2. Weltkrieg hinaus, um als Drama und Krimi in den 50ern zu verweilen. Dann beginnt eine neue Familiengeschichte mit Drama, Krimi und Happy-End. Das rote Band durch den Lauf dieser beiden Geschichten ist der Ursprung, der Fortgang und das Weiterbestehen einer Familie über zwei Generationen hinweg.

Rosen über'm Grab

Familien-Kriminalroman von M. H. Müller

Bibliografische Information der Deutschen Nationalbibliothek: Die Deutsche Nationalbibliothek verzeichnet diese Publikation in der Deutschen Nationalbibliografie; detaillierte bibliografische Daten sind im Internet über dnb.dnb.de abrufbar.

2. Auflage 2018
Text und Umschlaggestaltung: M.H. Müller
Satz: Helmut Müller
© 2017 M. H. Müller

Herstellung und Verlag:
BoD – Books on Demand, Norderstedt

ISBN: 978-3-7460-6597-7

Beteiligte Personen, u.a.:

Fritz Pfeifer	Jugendliebe und Ehemann von Magdalena
Magdalena geb. Baier (genannt Leni)	seine Frau
Johannes	ihr gemeinsamer Sohn, geb. 1949
Sophie	ihre gemeinsame Tochter, geb. 1954
Lotti und Emil Baier	Magdalenas Eltern
Martha und Katharina	Freundinnen von Magdalena
Heinrich und Pauline Pfeifer	Eltern von Fritz, Inh. einer Kohlehandlung
Walter Pfeifer	älterer Bruder von Fritz, Transportunternehmer
Dora, geb. Knobelbach	seine Frau
Alfred und Herbert	beider Söhne
General Robert Walker	amerik. Soldat , stationiert in Augsburg und München
Dr. Dorothy Walker	seine Frau, Ärztin im amerik. Krankenhaus in Frankfurt
Gloria	ihre Adoptivtochter
Mr. J.H. Bellings	Notar und Rechtsanwalt der Fam. Walker in den USA
Frank Storm	Kriminal-Hauptkommissar in Frankfurt
Lothar Abraham	Privatdetektiv, Ein-Mann-Betrieb
Heribert Kroschinski	Privatdetektiv – Inhaber der Detektei „Adlerauge"

Rosen über'm Grab

Teil I

1923 – April

Emil Baier war ein großer, schlanker, aber sportlich durchtrainierter Mann mit dunkelblondem Haar und strahlend blauen Augen. Die vielen Lachfältchen um seine Augen zeigten, dass er gerne lachte und über viel Humor verfügte.

Emil Baier war aber auch ein Optimist. Er glaubte an das Gute in jedem Menschen und vor allem glaubte er an den Fortschritt. Vor 30 Jahren war er hier in Dreieichenhain, einer kleinen Stadt südlich von Frankfurt, geboren worden. Seine Eltern lebten von der Landwirtschaft und von dem, was sein Vater auf dem Bau und im Winter im Wald verdiente. Emil liebte die engen Gassen der Altstadt, in denen er als Kind mit seinen Freunden gespielt hatte, er liebte die Wiesen und Wälder drum herum, die sie bis in die kleinsten Winkel erkundet hatten bei ihren Räuber- und-Gendarm-Spielen. Er war schon als junger Bursche überzeugt davon gewesen, dass sich dieser Ort, der seit 1256 Stadtrechte hatte, einmal zu einer größeren Stadt entwickeln würde. Er hatte erlebt, wie die Eisenbahn Einzug hielt, die den Ort mit Frankfurt verband. Früh schon hatte er von seinem Vater gelernt, mit Handwerkzeug umzugehen. So war es selbstverständlich für ihn gewesen, dass er nach dem Schulabschluss eine Maurerlehre absolviert hatte, danach hatte er eine Fachhochschule besucht und jetzt arbeitete er als Bauingenieur und Bauleiter in einer großen Frankfurter Baufirma.

Und heute? Heute saß er hier auf einer Bank in seinem eigenen Garten, vor seinem eigenen kleinen Haus, rauchte genüsslich eine Zigarre an diesem wunderschönen Frühlingsmorgen und überlegte, was denn in seinem Garten jetzt alles gearbeitet werden musste. Ja, er hatte viel erreicht in den letzten Jahren. Praktisch vom Munde abgespart hatte er sich das Geld für dieses Grundstück, das er als einer der Ersten oberhalb der Eisenbahnlinie von Dreieichenhain an der Straße nach Langen gekauft hatte. Er war sich schon früh sicher gewesen, dass die Stadt eines Tages weit über die Stadtmauern hinauswachsen würde. Und genauso war es gekommen. Jetzt standen noch weitere Häuser hier und es würden immer mehr werden. Die Stadt expandierte.

Vor zwei Jahren war sein Haus fertig geworden und kurz danach hatte er seine große Liebe Lotti geheiratet. Lotti war klein und zierlich, hatte dunkelbraune Augen und Haare, die sie meistens zu einem Zopfkranz geflochten trug. Lotti hatte nach der Schule für ein Jahr eine Haushaltsschule besucht und bald danach, noch vor ihrem 20. Geburtstag, hatten Emil und sie geheiratet.

Emil sah sich auf seinem Grundstück um. Der Anbau mit Stall, Werkstatt und Waschküche war schon letztes Jahr fertig geworden, im Herbst hatte er den Hühnerstall aufgestellt. Dieses Wochenende wollte er den Gemüsegarten umgraben, damit er nach den Eisheiligen die Pflanzen einsetzen konnte. Er war stolz auf sein kleines eigenes Fleckchen Erde, sein Zuhause und das seiner kleinen Familie. Da Emil aber auch jedem Fortschritt gegenüber aufgeschlossen war, gab es in seinem Haus bereits elektrisches Licht, ein Badezimmer mit beheizbarem Boiler und seit letztem Monat in der Küche sogar einen elektrischen Herd. Allerdings war seine Frau von diesem Herd noch nicht begeistert und kochte lieber erst mal weiter auf ihrem Kohleherd.

Er horchte auf, ja, sein kleines Lenchen, sein Töchterchen, hatte ein sehr lautes Organ. Sie schrie wie am Spieß, wenn sie Hunger hatte. Vor drei Monaten war sie geboren worden und sie war der ganze Stolz ihrer Eltern. Sein Kind, ihr Kind. Ein sehr temperamentvolles zugegeben, das seinen Willen schon in diesem zarten Alter stimmgewaltig durchzusetzen wusste.

1926 – Mai

Fröhlich pfeifend grub Emil das Beet um. Schwer fiel die schwarze Erde von seinem Spaten, der Schweiß tropfte von seiner Stirn. Trotzdem fühlte er sich wohl. Der Himmel war blau, die Luft angenehm warm, der Frühling war in vollem Gange. Überall blühte und grünte es. Er richtete sich auf und ließ seinen Blick stolz über seinen Garten schweifen. Da gab es Erbsen, Bohnen, Gurken, Karotten, Kartoffeln, Blumenkohl, Weißkraut, eben alles, was man so zum täglichen Leben brauchte, daneben jede Menge Obst, Himbeeren, Brombeeren, Erdbeeren, einen Kirschbaum, zwei Apfelbäume, einen großen Birnbaum, Weinreben am Haus. Alles blühte und wuchs um die Wette. Das machte der gute Mist, er wusste es genau. Schließlich hielt er im Stall nicht nur Hühner, sondern auch noch eine Ziege und ein Schwein und Gänse.

Emil drehte sich um. Hatte er nicht gerade noch seine kleine Tochter im Augenwinkel gesehen? Sie war flink wie ein Wiesel mit ihren drei Jahren. So schnell konnten sie manchmal nicht hinterher kommen. Und sie hatte immer jede Menge Unfug im Kopf. Ihr Vater und ihre Mutter vergötterten sie. War ihr Vater groß und kräftig mit dunkelblondem Haar, so war Magdalena das Ebenbild ihrer Mutter, zierlich und klein. Allerdings konnten ihre Eltern nicht sagen, woher sie diese schwarzen krausen Naturlocken hatte, die sich seit einem guten Jahr ungebärdig um ihren Kopf rankten. Obwohl Oma Julchen hin und wieder von einem Tiroler sprach, der im letzten Jahrhundert ein kurzes Gastspiel in der Familie gegeben habe und der eben genau solche schwarzen Locken gehabt habe. Aber wie der nun Magdalena die Locken vererbt haben könnte, dazu schwieg sie beharrlich. Magdalena war ein Wirbelwind und ständig in Bewegung, dabei immer strahlend und fröhlich.

Sein ganzer Stolz hier in seinem Garten waren seine Blumen, vor allem die Tulpen, die jetzt in voller Blüte standen, oder besser gesagt, stehen sollten. Verwirrt suchte sein Blick die roten und gelben Tulpenkelche, die er doch gestern noch hier im Beet bewundert hatte. Litt er an Halluzinationen? Langsam nahm sein Kopf eine tiefrote Farbe an, dann fing er an, in allen nur erdenklichen Tonarten zu schimpfen. Lautstark schallte seine Stimme durch den Garten: „Wer hat meine Tulpen geklaut? Diebe! Wenn ich den Kerl erwische, kann er was erleben!" Es dauerte noch eine Weile, bis ihm keine Schimpfwörter mehr einfielen. Doch im gleichen Augenblick fiel sein Blick auf seine kleine, dreijährige Tochter, die um die Ecke kam, mit leuchtenden Augen, die schwarzen Lockenhaare standen nach allen Seiten ab. Ihre kleinen Patschhändchen hielten ihre Schürze an beiden Zipfeln fest nach oben. Sie hatte ihren Papa gehört und wollte ihm offensichtlich etwas zeigen. Emil klappte seinen Mund zu vor Erstaunen, denn er hatte in ihrer Schürze etwas Rotes und Gelbes blitzen sehen. Das darf doch nicht wahr sein, dachte er und wollte schon wieder anfangen zu poltern, als er in das strahlende Gesicht seiner über alles geliebten Tochter blickte. Sie sah ihn mit ihren großen dunklen Augen an und sagte zum allerersten Mal das magische Wort: „Papa". Vor Rührung traten ihm Tränen in die Augen, sein Zorn verflog, er beugte sich zu ihr hinunter und begutachtete das, was sie ihm immer noch in ihrer Schürze hinhielt: seine Tulpen, oder besser gesagt, die Blütenkelche mit einem 5 cm langen Stiel, alle fein säuberlich abgebrochen! Gerade so lang wie die kleinen Patschhändchen breit waren. Dazu sagte sein Töchterchen: „Mama bringen!" und lachte ihn so strahlend dabei an, dass er ihr einfach nicht böse sein konnte. „Ja, schön sehen die Blumen aus, die kannst du der Mama bringen!" Damit tätschelte er ihr den Rücken, drehte sie herum und schickte sie in Richtung Haus, wo seine Frau, neugierig geworden ob des Lärms, schon um die Ecke schaute.

Emil jedoch hatte keinen Blick für seine Frau. Nach kurzem Überlegen ging er in seine Werkstatt und rumorte und suchte eine Weile. Gott sei Dank war heute Samstag, da konnte er in aller Ruhe einen Zaun um seinen Garten und die Blumen bauen, mit einem Tor zum Abschließen. Seine Werkstatt war gut sortiert und so hatte er dafür genug Material zu Hause. Noch einmal würde ihm seine Tochter keine Tulpen mehr mopsen. Währenddessen war die kleine Magdalena zu ihrer Mutter gelaufen und hatte ihr die Schürze mit den Tulpentorsos hingehalten. Lotti verkniff sich ein Lachen. Zusammen verschwanden sie in der Küche, um eine Schale für die Blüten zu finden und sie ins Wasser zu legen.

Lotti war sich sehr wohl bewusst, wie schwer es ihrem Mann gerade gefallen war, nicht mit der Kleinen zu schimpfen. Seine über alles geliebten Tulpen, auf die er so stolz war, schmählich einfach abgerissen. Na ja, das waren doch nur Blumen, dachte sie. Lotti sah das ganz pragmatisch. Sie würde ihrem Mann heute Mittag etwas Gutes kochen, denn sie wusste, Liebe geht durch den Magen und mit einem guten Essen konnte sie ihn noch immer milde stimmen.

1937

Magdalena wurde von allen nur Lena oder Leni genannt. Sie hatte sich mit ihren 14 Jahren zu einem wunderschönen jungen Mädchen entwickelt. Schon als Kind hatte sie aus allen möglichen Stofffetzen Kleider für ihre Puppen genäht. Jetzt war sie mit der Schule fertig und wollte auf alle Fälle etwas mit Mode lernen. „Ich möchte so gerne Kleider entwerfen, selbst die Schnitte zeichnen, zuschneiden, nähen!" Das sagte sie eines Abends zu ihren Eltern. „Es gibt in Frankfurt eine Schule, da kann man das alles lernen." Ihr Vater schaute sie zweifelnd an und meinte: „Hast du dich bei dieser Schule schon erkundigt?" „Ich wollte erst mal mit euch reden. Wenn ich darf, fahre ich nächste Woche nach Frankfurt zu dieser Schule und stelle mich mal vor." Ihre Mutter schaute von ihrem Strickzeug hoch. „Leni, du sollst natürlich das lernen, was dir gefällt. Aber etwas Handwerkliches sollte schon dabei sein, so eine richtige Ausbildung, als Schneiderin zum Beispiel, da lernt man das doch auch. Danach kannst du immer noch zu dieser Modeschule gehen, was meinst du?"

Es war schon gut, dass ihre Eltern so frei eingestellt waren und sie zu nichts zwingen wollten, dass sie eine Berufsausbildung machen durfte nach ihrer Wahl. „Was sagt denn dein Fritz dazu? Hast du schon mit ihm gesprochen?" Ihre Mutter wusste, dass ihre Tochter mit Fritz eng befreundet war und wünschte sich, dass diese Jugendliebe hielt. Sie und ihr Mann waren mit diesem jungen Mann einverstanden, schließlich kannten sie ihn und seine Eltern schon seit seiner Kindheit. Sie wussten beide, dass ihre Tochter und Fritz schon seit früher Kindheit miteinander eng befreundet waren. „Fritz bereitet sich gerade auf sein Abitur vor. In einem halben Jahr ist er fertig. Dann will er eine Försterlehre anfangen. Ihr wisst doch, die Sache mit Kanada, und es ist sein größter Traum, in der Natur zu arbeiten." Leni hatte mit ihren Eltern schon über den gemeinsamen Traum von ihr und Fritz gesprochen, nach Kanada auszuwandern, irgendwann in der Zukunft. Lotti seufzte, sie waren damit nicht unbedingt einverstanden, aber wenigstens konnten sie dafür sorgen, dass Leni eine gute Berufsausbildung genoss. Sie sah ihren Emil bedeutungsvoll an. Sie wollten Leni auf keinen Fall reinreden. Sie wussten beide, wenn das mit Fritz ernster würde, dann würde Leni mit ihm gehen, egal wohin. Sie mochten diesen Gedanken gar nicht zu Ende denken. Wer weiß, was die Zukunft bringt, dachte Lotti.

Leni hatte bei ihrem letzten Satz an das gedacht, was Fritz ihr so alles schon über seinen Traum erzählt hatte. Er war gerade mal 12 Jahre alt gewesen, als er zu Weihnachten das Buch „Lederstrumpf" von Cooper geschenkt bekam. Er war begeistert von den Schilderungen in dem Buch. Ein Jahr später fiel ihm beim Stöbern in einem Antiquariat in Langen eine Reisebeschreibung von Amerika und Kanada in die Hände. Seit dieser Zeit schwärmte er für die weite Landschaft von Kanada und wollte, wenn er erwachsen war, unbedingt dorthin fahren und in

Kanada als Forstarbeiter, oder wie man sie dort nannte als Ranger arbeiten und leben. Fritz hatte sich allerdings dem Willen seines Vaters gebeugt und war auf das Gymnasium gegangen, um sein Abitur zu machen. Sein Vater hoffte, das Fritz später einmal die kaufmännische Arbeit für die Kohlehandlung übernehmen würde, zusammen mit seinem Bruder Walter, der das Fuhrunternehmen übernehmen sollte. Aber Fritz würde das auf keinen Fall tun. Er würde sich durchsetzen und eine Försterlehre absolvieren. Leni war sich so sicher, genau wie sie sich sicher war, dass sie später einmal ihren eigenen Modesalon haben würde. Doch diesen Traum behielt sie erst mal für sich.

Als Leni nach ein paar Tagen aus Frankfurt zurückkam, war sie sehr niedergeschlagen. Sie hatte bei der Schule vorgesprochen und man hatte ihr gesagt, sie wäre zu jung. Sie solle erst mal eine praktische berufsbezogene Lehre machen, etwa eine Schneiderlehre, dabei würde sie auch gleich entsprechende Erfahrungen sammeln können und danach könne sie dann mit viel besseren Voraussetzungen auf der Modefachschule studieren.

Ihre Mutter versuchte sie zu trösten: „Aber Leni, das ist doch eine gute Idee. Schau, du bist doch noch so jung. Wir suchen dir einen angesehenen Schneidersalon aus. Da kannst du dann alles von Anfang an lernen, alles, was du doch auch willst. Kleider entwerfen, Schnitte zeichnen, zuschneiden, nähen. Du wirst sehen, das alles wird dir dann auf der Schule nur von Vorteil sein." Ihr Vater nickte ihr zu. „Deine Mutter hat Recht. Die Zeit vergeht schnell. Und in drei Jahren kannst du dann auf die Schule gehen. Dann bist du schon fast erwachsen, eine junge Dame." Er schmunzelte bei dieser Vorstellung. Wo war nur sein kleines Mädchen geblieben, fragte er sich in Gedanken.

Schließlich sah Leni es ein und so schlecht war es ja wirklich nicht, wenn sie bald ihre eigenen Kleider nähen konnte.

Vier Wochen später fing sie in einer Schneiderei als Lehrling an.

Mit Fritz traf Leni sich immer noch, hatte nie aufgehört, sich mit ihm zu treffen. Allerdings hatten sie jetzt nur noch an den Wochenenden Zeit. Abends, wenn Leni nach Hause kam, war sie meistens zu müde, um sich noch mit Fritz zu treffen. Allerdings brachte sie ab und zu ein Buch über Kanada mit, das sie hin und wieder auf ihrem Weg zum Bahnhof in Frankfurt in einer alten Buchhandlung entdeckt hatte. Fritz hatte sie ja schon früh mit seiner Begeisterung über Kanada angesteckt und auch Leni las jedes Buch über Kanada und Amerika, das sie finden konnte. Dann konnte man die beiden am Wochenende beobachten, wie sie die Köpfe zusammensteckten und in einem neuen Buch lasen.

1939 – April

Magdalena beugte sich über den Stoff und zählte die Fäden ab. Noch dieses eine Blatt, dann war die Stickerei fertig. Eine halbe Stunde später legte sie Nadel und Faden beiseite und schaute zufrieden auf ihre Arbeit. In den letzten Tagen hatte sie auf das weiße, von ihr selbst entworfene, zugeschnittene und genähte Kleid eine Rose gestickt, in kleinem Kreuzstich, unterhalb des linken Trägers. Es sah wunderschön aus. Als sie die Utensilien alle verstaut hatte, zog sie das Kleid über. Es passte perfekt. Sie begutachtete ihr Werk im Spiegel und drehte sich immer wieder um und um. Dabei schwang der Rock wie ein welliger Teller.

Was wohl Fritz dazu sagen würde? Ob es ihm gefiel? Sie dachte daran, wie sie sich kennengelernt hatten. Als sie in die Schule kam, war Fritz schon in der 3. Klasse. Zwei Wochen nach ihrer Einschulung hatte er sie angesprochen und gefragt, ob er ihren Ranzen tragen dürfe. Von der Taunusstraße bis hoch zum Lindenplatz hatte er ihn geschleppt und seinen noch dazu, jeden Tag nach der Schule. Damals wohnte er mit seinen Eltern noch in der Dorotheenstraße in Dreieichenhain. Irgendwann in der 6. Klasse waren seine Eltern dann nach Langen umgezogen, und Fritz musste die Schule wechseln. Aber immer, wenn er es einrichten konnte, kam er nachmittags nach der Schule nach Dreieichenhain. Dann spielten sie zusammen mit der ganzen Clique, die sie damals schon waren, ihre Freundinnen und auch ein paar Jungs aus der Nachbarschaft. Einmal sagte er zu ihr: „Wenn ich groß bin, dann heirate ich dich!" Leni hatte gelacht und weiter gespielt. Als sie später mit der Schule fertig war, fand sie es ganz selbstverständlich, dass sie sich hin und wieder weiter trafen, meist am Wochenende, wann immer sie Zeit hatten. Sie spürte, dass sie ihren Fritz nicht mehr missen mochte, dass mit den Jahren aus einer Schulliebe echte Liebe geworden war.

Leni schüttelte kurz ihre Gedanken an Fritz ab und konzentrierte sich auf ihr Kleid. Noch einmal begutachtete sie ihre Stickerei und ihr Kleid rundum im Spiegel, dann kramte sie in ihrer Handtasche, holte den neuen Lippenstift heraus, malte ihre Lippen nach und ging in die Küche zu ihrer Mutter, die dort an ihren Kochtöpfen werkelte und mit dem Mittagessen beschäftigt war. Sie hatte ihr nichts von ihrem Entwurf und ihrer Arbeit an dem Kleid erzählt.

„Kannst du mir mal bitte die Knöpfe auf dem Rücken zu machen? Ich komm da nicht ran." Dabei drehte sie ihr den Rücken zu. Ganz gespannt wartete sie auf die Reaktion ihrer Mutter.

Zuerst einmal war es mucksmäuschenstill hinter ihr. Dann spürte sie, wie ihre Mutter tief Luft holte und mit dem Zuknöpfen begann. „Das Oberteil ist ja ein bisschen eng, findest du nicht? Aber es steht dir gut." Als sie fertig war, drehte sie Leni herum. „Die Rose hier ist dir besonders gut gelungen und du siehst wunderschön in dem Kleid aus."

Leni kannte ihre Mutter gut genug, um zu spüren, dass da ein „Aber" in der Luft lag, doch ihre Mutter erkundigte sich weiter: „Und das hast du alles selbst gemacht? Zugeschnitten, genäht, gestickt?" Leni nickte und drehte sich im Kreis, sodass der Tellerrock weit nach oben schwang. Leni lachte über das ganze Gesicht. Da ging die Tür auf und ihr Vater betrat die Küche, in der Hoffnung auf sein fertiges Mittagessen. Sein Blick fiel auf Leni und er erstarrte. Leni merkte es nicht. Freudestrahlend sah sie ihren Vater an und rief: „Schau mal, Papa, das Kleid hab ich selbst entworfen und genäht und auch selbst bestickt. Den Stoff hat mir meine Chefin geschenkt, es war ein Rest. Das ist mein Kleid für die Kerb nächste Woche, zum Tanzen."

Im Grunde genommen war Emil Baier sehr stolz auf seine Tochter und auf das, was sie leistete. Wenn er sie manchmal beobachtete, erschien auf seinem Gesicht ein kleines Schmunzeln, seine Augen, sein Mund, alles schmunzelte. Allerdings sagte er es ihr nie. Auch jetzt nicht. Meine Kleine sieht ja toll aus in diesem Kleid, es passt ihr wie angegossen, dachte ihr Vater, aber so geht das nun wirklich nicht. Laut sagte er zu ihr: „Damit gehst du mir nicht auf die Straße, nicht mit diesem tiefen Ausschnitt. Auf gar keinen Fall." Leni blickte kurz zu ihrer Mutter, da war das „Aber" und Zustimmung in ihren Augen. „Und wie siehst du überhaupt aus mit diesen knallroten angemalten Lippen? Mach das sofort weg! Du siehst ja aus wie eine von der Kaiserstraße."

„Woher weißt du eigentlich, wie die aussehen?" Kaum waren ihr diese Worte herausgerutscht, bereute Leni sie auch schon wieder. Da kam auch schon die Quittung. Es klatschte kurz und sie hatte eine rote Wange. „Wie wagst du überhaupt, so mit mir zu reden?" Ihr Vater hatte einen roten Kopf und seine Stimme wurde lauter. „So gehst du mir nicht auf die Kerb, so nicht! Was sollen da die Leute von uns denken?" Damit rauschte er wieder zur Türe hinaus und knallte sie hinter sich zu.

Leni standen die Tränen in den Augen. Ihre Mutter versuchte, sie zu beruhigen. „Leni, ich wollte dir zwar erst zu deinem Geburtstag in zwei Wochen etwas Schönes schenken, aber die paar Tage früher machen auch nichts. Ich habe eine kleine Weste für dich gestrickt, mit Lochmuster und mit kurzen Ärmeln, wirklich ganz hübsch, die passt bestimmt gut zu diesem Kleid. Ich hol sie mal schnell." Schon war sie draußen und kam kurz danach wieder mit einer dunkelroten Strickweste zurück. Leni trocknete ihre Tränen und zog die Weste über. „Die ist aber schön, mit dem Muster, und so leicht. Danke, Mutsch!" Mit diesen Worten umarmte sie ihre Mutter kurz. Die Weste passte ihr wie angegossen und sah zu dem weißen Kleid tatsächlich sehr gut aus. Glücklich strich Leni mit den Händen über die Weste und bedankte sich nochmals bei ihrer Mutter dafür. Ihr Vater hatte sich draußen inzwischen wieder beruhigt und kam in diesem Moment wieder zur Tür herein, denn er hatte Hunger. Er war im Grunde genommen eigentlich sehr gutmütig und konnte vor allem seiner Tochter kaum etwas abschlagen. Er begutachtete sie nochmals von allen Seiten und willigte ein: „Also gut, wenn du diese Weste überziehst, darfst du damit zur Kerb gehen. Aber wehe, du ziehst sie aus! Und keinen Lippenstift, mein Fräulein!" Nach einer kurzen Pause sah er seine Frau erwartungsvoll an: „Was gibt es denn heute Mittag Gutes zum Essen?"

Endlich war Kerbsamstag da. Leni hatte sich mit ihren Freundinnen für den Nachmittag verabredet. Die drei Mädchen trafen sich am Bahnübergang und schlenderten gemeinsam zum Lindenplatz. Dieser Platz war zum Mittelpunkt des Ortes geworden, seit die Häuser die Stadtmauer verlassen und sich immer weiter nach allen Seiten ausgebreitet hatten. Hier fand seit vielen Jahren an Pfingsten die Kerb statt mit Buden und Karussells. Die Mädchen hielten sich an den Händen, kicherten und lachten, steckten die Köpfe zusammen und hatten sich offensichtlich viel zu erzählen. Heute war der erste Kerbtag, und das verhieß Karussellfahren, Tanzen, eine Menge Spaß haben und nach den Jungs Ausschau halten. Seit ihrer Einschulung waren die drei Mädchen enge Freundinnen. Leni war die Temperamentvollste von ihnen mit ihrem schwarzen Lockenkopf. Martha, groß und schlank, trug ihre langen blonden Haare immer zu Zöpfen geflochten. Heute hatte sie die Zöpfe zum Kranz um den Kopf gelegt. Katharina, etwas untersetzt und kleiner als Martha, war mit 17 Jahren die ältere von den dreien und die Besonnenste. Vor zwei Jahren hatten sie alle drei die Schule mit 14 bzw. 15 Jahren abgeschlossen und waren jetzt in einer Ausbildung: Magdalena lernte in einer Modell-Schneiderei in Frankfurt, Martha besuchte die Hausfrauenschule in Offenbach und Katharina machte eine Lehre in einer Lederwarenfabrik in Offenbach. Deshalb sahen sie sich nur noch an den Wochenenden. Da hatten sie sich immer viel zu erzählen. Heute nun war Kerb und dort wollten sie sich amüsieren. Vor allem wollten alle drei ihre Verehrer treffen. Ihre weiten Röcke schwangen im Gleichschritt und ihre Locken wippten um die Wette.

Gleich musste das Karussell zu sehen sein, hören konnten sie die Orgelmusik schon lange. Das Karussell der Familie Schneider war ein außergewöhnlich schönes und einzigartiges Exemplar eines zweigeschossigen Karussells. Unten standen die Pferdchen mit den Kutschen in Reih und Glied, oben wippten die Schiffschaukeln und die Schnurrädchen drehten sich, von der Mitte tönte die Orgelmusik. Rundherum war es wunderschön bemalt und verziert

Unbekümmert und fröhlich hakten die drei Mädchen sich gegenseitig ein und gingen so zum Lindenplatz, auf dem das Karussell und ein paar Buden aufgebaut waren. Dabei sangen sie dreistimmig ein Lied, immer im Takt der Schritte: „… ein Hut, ein Stock, ein Regenschirm, und vor, zurück, zur Seite, ran." Zwischendurch mussten sie immer wieder über die sich darin einschleichenden falschen Töne lachen.

Sie achteten nicht auf das Donnergetöse am Horizont der Geschichte, das sich bereits dumpf grollend auf den Weg gemacht hatte. Großzügig übersahen sie die roten Fahnen mit den Hakenkreuzen. Es war Kerb, ihre Kerb! Sie waren jung und unbeschwert und genossen für ein paar

Tage das Hier und Heute, ohne an das Morgen denken zu müssen.

Verstohlen schaute sich Magdalena um. Fritz war nirgendwo zu sehen, auch die anderen Jungs nicht. Waren sie zu früh? Jetzt waren auch ihre Freundinnen auf der Suche, möglichst unauffällig und verstohlen musterten sie die vielen Menschen. Vor allem Eltern mit ihren kleinen Kindern tummelten sich schon auf dem Lindenplatz, wobei die Erwachsenen sich vor dem Karussell versammelten, um ihren Kindern auf dem Karussell rechtzeitig zwei Groschen für die nächste Runde auf die ausgestreckten Händchen zu legen.

Als die drei Mädchen die von ihnen gesuchten Jungs nicht sahen, gingen sie in stiller Übereinkunft weiter, die Fahrgasse hinunter, durch das Obertor, an den Fachwerkhäusern vorbei, bis ganz hinunter zur Burgruine. Im ehemaligen Palais hielten die Jungs schon Ausschau nach ihren Mädchen. Fritz schaute immer wieder um die Ecken, damit er seine Leni ja nicht verpasste. Aber da kamen sie auch schon über die kleine Brücke. Mit lautem Hallo wurden sie dort von ihren Verehrern begrüßt. Natürlich hatten sie sich erst am letzten Wochenende mit ihnen getroffen, in aller Schicklichkeit. Magdalena mit ihrem Fritz, Katharina mit Jakob und Martha mit Konrad. Sie kannten sich alle aus der Schule, doch erst nach dem Schulabgang gingen sie als Pärchen zusammen aus. An diesem Wochenende nun wollten sie die Kerb so richtig auskosten und feiern. Zum ersten Mal durften sie am Abend zum Tanzen gehen und darauf freuten sich die sechs schon seit Wochen.

Eng umschlungen gingen die drei Pärchen zum Gasthaus „Zur Krone", in dessen 1. Stock sich der Tanzsaal befand.

„Springst du mit mir zusammen am Mittwoch über das Feuer?", hatte Fritz seine Leni an diesem Abend zum Abschied gefragt. Leni sah ihn groß an. Dann nickte sie und flüsterte ihm ein „Ja" ins Ohr.

Traditionsgemäß wurde am Mittwochabend nach Pfingsten die Kerb verbrannt. Dazu wurden von den Kerbburschen einige Strohpuppen gebunden, die mit Musik und Gesang durch den Ort getragen wurden. Zusammen mit einem großen Gefolge zogen alle zu einem großen Platz, auf dem die Strohpuppen angezündet wurden. Dabei wurde das Hayner Lied gesungen und später, als das Feuer nicht mehr so hoch loderte, sprangen die Kerbburschen und die jungen Leute über das Feuer. Wenn nun ein junges Pärchen gemeinsam über das Feuer sprang, hieß es seit alters her, dass sie sich liebten. Auch Leni und Fritz sprangen zusammen Hand in Hand über die Flammen und versprachen sich damit ewige Liebe. Als Fritz seine Leni spät abends nach Hause brachte, zog er sie an sich und gab ihr einen heißen Kuss, den Leni nur zu gern erwiderte. Als sie nach einiger Zeit kurz aufsah, bemerkte sie hinter dem Wohnzimmerfenster ihres Elternhauses eine kurze Bewegung. Mit hochrotem Kopf verabschiedete sie sich schnell von Fritz und eilte durch das Hoftor hinein.

1940

Magdalena Baier hatte inzwischen die Schneiderlehre beendet. Eigentlich hatte sie vorgehabt, danach auf die Modedesign-Schule in Frankfurt zu gehen mit dem Ziel, später in einem großen Kaufhaus in der Modeabteilung als Einkäuferin zu arbeiten. Aber der Beginn des Krieges im letzten Jahr hatte ihr einen Strich durch ihren Plan gemacht, denn die Schule war als kriegsunwichtig geschlossen worden. Deshalb hatte sie beschlossen, eine Fachschule zu besuchen und sich als Handarbeitslehrerin ausbilden zu lassen. Sie hoffte, dass sie nach Abschluss eine Stelle an der Grundschule in Dreieichenhain, in ihrer alten Schule, bekommen würde. Vorsorglich hatte sie sich dort schon beworben.

Allerdings gab es in ihrem Leben seit einigen Monaten noch einen anderen großen Wermutstropfen. Ihr geliebter Fritz war nach seinem Abiturabschluss zum Militär eingezogen worden, noch bevor er seine Försterlehre antreten konnte. Sie war in Gedanken jeden Tag bei ihm, machte sich Sorgen, dass ihm ja nichts passierte und wartete sehnsüchtig auf die Briefe, die er ihr regelmäßig schrieb. Bei seiner Abreise hatte er ihr nochmal ewige Liebe geschworen und sie gebeten, auf ihn zu warten. Leni konnte sich ein Leben ohne ihn nicht mehr vorstellen. Sie fühlte sich ihm enger verbunden als jemals zuvor. Überall würde sie mit ihm hingehen, egal wohin und in welches Land.

1941 - Oktober

Magdalena hatte ihre Ausbildung zur Lehrerin abgeschlossen und sogar in der Schule in Dreieichenhain eine Stelle erhalten, allerdings nicht nur als Handarbeitslehrerin, sie musste eine erste Klasse mit vollem Unterrichtsstoff übernehmen. Nun, dachte sie, das machte nichts, es war immerhin eine ausfüllende und zufriedenstellende Arbeit.

In seinem ersten kurzen Urlaub vom Soldatenleben hatte Fritz um ihre Hand angehalten, und sie hatte ja gesagt. Ihre beiden Eltern hatten ihren Segen dazu gegeben. Leider musste Fritz kurz danach wieder ins Feld, deshalb hatten sie beschlossen, bei seinem nächsten Heimaturlaub ihre Verlobung zu feiern.

1942 - Mai

Endlich — wie hatte sie diesem Tag entgegengefiebert. Magdalena konnte kaum das Ende des Unterrichts abwarten, schon war sie aus der Schule draußen und schwang sich auf ihr Fahrrad. Heute kam ihr Liebster nach Hause und morgen wollten sie mit der ganzen Verwandtschaft ihre Verlobung feiern. Sie war so aufgeregt. Die letzten Wochen hatte sie ihr weißes Kleid am Saum entlang weiter mit Rosen bestickt. Es war wunderschön geworden und es passte noch immer. Morgen, am Sonntag, wollten sie mit der ganzen Familie feiern. An diesem Ehrentag würde sie es tragen. Seit Tagen waren ihre Mutter und ihre zukünftige Schwiegermutter dabei, aus allem, was Garten und Keller hergaben, ein Festessen zu zaubern. Ohne Unterlass werkelten die beiden in der Küche. Eintreten und Topfgucken war streng verboten, selbst ihr Vater durfte nicht reinschauen. Nun, in diesen Kriegszeiten war es nicht einfach, fast 20 Leute mit einem Festmahl zu verköstigen. Als Magdalena ihr Elternhaus in der Wiesenstraße betrat, schlug ihr der Duft von frischem Kuchen und Kaninchenbraten entgegen, eine wahrlich tolle Mischung. Bevor ihr das Wasser im Mund zusammenlief, schlüpfte sie in ihr Zimmer und zog sich um. Sie hatte ihr altes hellgelbes Sommerkleid mit weißer Spitze umgearbeitet und mit einer selbstgemachten roten Mohnblume verziert. Es sah aus wie neu. Dann ging sie kurz an der Küche vorbei.

Dort prangte an der Tür ein großes Schild: Betreten verboten.

„Mutter, ich geh jetzt los, Fritz abholen!", rief sie durch die geschlossene Küchentür. Schon war sie aus dem Hoftor draußen. Sie eilte die Straße hinunter, an der Bahn entlang und auf die Wiesen, die unter den Streuobstbäumen zur Trift führten. Seit zwei Jahren war Fritz jetzt Soldat bei der Wehrmacht, nach Frankreich abkommandiert, und hatte seinen erster Urlaub in diesem Jahr. Beim Abschied im letzten Jahr hatte er sie gefragt, ob sie ihn heiraten werde. Von ganzem Herzen hatte sie ja gesagt. Die Briefe, die er ihr bis jetzt geschrieben hatte, waren ihr größter Schatz. Ihr Herz flog ihm entgegen, schneller, als ihre Füße sie tragen konnten.

Fritz blieb unter den ersten Bäumen stehen. Gestern Abend war er nach Hause gekommen. Heute Morgen hatte er ein weißes Hemd und seine beste schwarze Hose angezogen, und war dann von Langen aus los gelaufen nach Dreieichenhain, über die Trift und die Felder in Richtung Heckenweg, am Bahndamm entlang. Wie freute er sich auf seine Herzallerliebste. Dort hinten konnte er eine Gestalt ausmachen in einem hellen Kleid. Instinktiv wusste er, das war seine Leni. Sie schien über den Blumen zu schweben und kam mit ausgestreckten Armen auf ihn zu gerannt. Da fing er an, schneller und immer schneller zu werden. Er sah nur sie, nichts anderes war wichtig. Niemals würde er dieses Bild vergessen: Die schwarzen Locken von Leni, die sie, wie es gerade modern war, an den Seiten hochgesteckt hatte, die großen braunen Augen, die ihm entgegenstrahlten, das hellgelbe Kleid mit der roten Blume, die in Konkurrenz zu den blauen Kornblumen und gelben Sumpfdotterblumen der Wiese stand. Schließlich blieb er atemlos stehen und genoss den Anblick, der sich ihm bot. Schon war sie bei ihm und er umfing sie mit den Armen und drehte sich mit ihr um und um, bis ihnen beiden schwindelig wurde. Sie lachten und strahlten um die Wette und sahen sich glücklich an. Dann küsste er sie lange, wollte sie gar nicht mehr loslassen. Wie hätte Fritz in diesem Augenblick ahnen können, dass ihn dieses Bild, das sich jetzt so intensiv in sein Gedächtnis brannte, für viele Jahre in der Not am Leben erhalten würde.

„Wie geht es dir? Was hast du die ganze Zeit gemacht?" Ganz leise kamen die Worte an sein Ohr. „Bitte Leni, frag mich nicht. Es geht mir soweit gut. Aber der Krieg ist eine schlimme Sache. Ich möchte nicht darüber reden. Lass uns die paar Tage, die ich Urlaub habe, einfach unbeschwert genießen und unsere Verlobung morgen feiern. Wer kommt denn alles? Meine Mutter hat mir nicht geschrieben, wen sie alles eingeladen hat. Aber, weißt du was? Ich hatte eine solche Sehnsucht, dich wiederzusehen, seit ich das letzte Mal abgefahren bin. Ich liebe dich so, mein Schatz. Jeder Tag ohne dich ist ein verlorener Tag!" Sie blieben stehen und küssten sich. Engumschlungen gingen sie danach langsam über die Wiesen zurück zu Lenis Elternhaus. Ihre Schritte wurden immer kleiner, damit der Weg nicht so schnell zu Ende ging. Jede Sekunde genossen sie ihre Zweisamkeit.

„Also, ich weiß auch nicht genau, wer alles kommt, halt die ganze bucklige Verwandtschaft von dir und mir, dein Bruder mit Familie, dann alle Onkel und Tanten und deren Anhang. Das ganze Haus wird voll werden. Aber da ist noch etwas", – und dabei machte sie eine kleine verschwörerische Pause und blinzelte ihm zu, „ich hab mir endlich den großen Atlas von der Schule ausborgen dürfen, weißt du noch, wir wollten uns doch die Gegend mal anschauen. Heute durfte ich ihn über das Wochenende mitnehmen." Fritz wusste genau was sie meinte, nickte ihr verschwörerisch zu und hielt sie noch fester im Arm. Sie verstanden sich blind. Leise schlichen sie auf den Hof, der Dackel ihrer Eltern schaute beide erwartungsvoll an, kam hinter ihnen her in das Haus getrottet und folgte ihnen in Lenis Stube. Dort rollte er sich auf dem Bettvorleger zusammen, legte den Kopf auf die Pfoten und beobachtete Leni und Fritz ganz genau. Leni holte ein großes Buch aus ihrer Aktentasche: „Hier, das ist er und hier..", sie schlug den Atlas auf und legte ihn aufgeschlagen auf den Fußboden, setzte sich schnell dazu und im gleichen Moment saß Fritz schon neben ihr, „...und hier ist Kanada!" Irgendwann fanden beide heraus, dass es viel bequemer war, sich hinzulegen und so beugten beide die Köpfe tiefer und betrachteten die Landkarte. Sie merkten nicht, wie sich bald danach leise die Tür öffnete und zwei Frauen darin stehenblieben. Eine Zeitlang beobachteten diese die beiden, wie sie so einträchtig nebeneinander lagen, die Köpfe zusammensteckten und leise tuschelten. Als sie sich gerade einen Kuss geben wollten, räusperte sich Lenis Mutter. Erschrocken stoben die Köpfe auseinander, der Atlas wurde zugeschlagen. „Mutter, wie kannst du dich nur so anschleichen. Da kriegt man ja einen Herzinfarkt." Leni lachte. „Nun, ist das eine Art, Leni und Fritz, einfach so ins Haus zu kommen und uns nicht mal einen guten Tag zu wünschen?" „Genau", meinte Fritz' Mutter. „Außerdem könntet ihr beiden ruhig helfen. Schließlich ist es eure Verlobungsfeier. Der Hefekuchen muss noch vom Bäcker abgeholt werden." „Wir sind schon weg." Fritz und Leni lachten, stoben wie zwei kleine Kinder aus dem Haus und die Straße hinunter. Hand in Hand gingen sie in die Solmische Weiherstraße, um dort beim Bäcker den fertig gebackenen Blechkuchen abzuholen, den Lenis Vater am Vormittag hingebracht hatte.

Am Sonntagmittag hatten sich 18 Personen im Wohnzimmer um den großen Esstisch versammelt: Lenis Eltern Lotti und Emil, Fritz' Eltern Heinrich und Pauline, sein Bruder Walter mit seiner Frau Dora und den beiden Jungs Alfred, er war 4 Jahre alt und Baby Herbert, gerade mal 4 Monate alt.

Walter war fünf Jahre älter als Fritz, vom Aussehen und vom Wesen her das genaue Gegenteil seines Bruders. Fritz war schlank, groß und hatte blaue Augen und dichtes, dunkelblondes Haar. Walter war etwas kleiner als Fritz, untersetzt, braune Augen und braunes Haar, das sich am Hinterkopf bereits leicht lichtete. In seiner Kindheit hatte Walter Kinderlähmung gehabt, er war zwar geheilt worden, hatte aber ein leichtes Hinken zurückbehalten. Nach der Schule stieg Walter in das elterliche Geschäft, ein

Fuhrunternehmen für Kohle und Holz, ein. Da er gehbehindert war, brauchte er nicht zum Militär. Dadurch fühlte er sich minderwertig, aber er ließ es sich nicht anmerken. Immer war er freundlich und fürsorglich anderen gegenüber, so sehr, dass diese nicht merkten, wie sehr er sie immer für seine Zwecke ausnutzte. Er wäre auch ein guter Vertreter geworden, hätte alles verkaufen können, ob man es brauchte oder nicht. Bei seinen Auslieferungsfahrten mit dem LKW hatte er seine zukünftige Frau kennengelernt. Sie stammte von einem Bauernhof im Taunus, hatte nach der Schule dort mitgearbeitet und himmelte Walter als großen Mann von Welt an. Sie war klein, pummelig, hatte ein rundes Gesicht mit blondem Bubikopf. 1937 heiratete Walter seine Dora, ein Jahr später kam ihr Sohn Alfred zur Welt, 4 Jahre später im Januar dann der kleine Herbert.

Außerdem waren da noch Lenis Patentante Elisabeth, d.h. die Schwester ihrer Mutter mit Mann und Tochter, und selbstverständlich auch ihre Oma Juliane, von allen liebevoll Julchen genannt, inzwischen über 80 Jahre alt und stark schwerhörig. Natürlich waren auch Lenis Freundinnen und zwei Freunde von Fritz dabei. Es ging sehr lebhaft und laut am Tisch zu. Vor allem die beiden Jungs konnten nicht still sitzen und Oma Julchen verschaffte sich immer wieder mit ihrem Stock nachdrücklich Gehör, wenn sie etwas nicht verstand oder zu sagen hatte. Irgendwann am späten Nachmittag schlichen Fritz und Leni hinaus in den Garten. „Gut, dass wir uns nicht jeden Monat einmal kurz verloben wollen. Diese Ruhe hier ist himmlisch. Außerdem habe ich schon lange keinen Kuss mehr von dir bekommen." Damit zog Fritz seine Leni an sich heran und küsste sie. Aber die Idylle dauerte nur kurz, Alfred kam angerannt und wollte mit seinem Onkel spielen.

Die drei Urlaubstage von Fritz verflogen viel zu schnell und schon nahte der Abschied. „Wenn ich wiederkomme, in ein paar Monaten hoffentlich, dann heiraten wir!", flüsterte Fritz seiner Leni ins Ohr. „Vergiss mich nicht!" „Oh, bitte, pass auf dich auf und komm bald, gesund und heil, wieder. Es ist so schrecklich einsam ohne dich." Leni weinte, obwohl sie sich fest vorgenommen hatte, ihren Schmerz nicht zu zeigen. Und dann war sie wieder alleine. Ihr Fritz war weg. Im Krieg. Wie sollte sie das nur aushalten?

1942 – Dezember

Wieder und wieder drehte Leni das Blatt herum, aber es fielen keine Worte mehr heraus. Der Text war kurz und knapp gehalten: „Unsere Kompagnie wird an die Ostfront verlegt. Zur Unterstützung gegen die sowjetische Offensive. Bekomme jetzt keinen Urlaub. Hab dich unendlich lieb. Gruß und tausend Küsse - In Liebe Dein Fritz."

Warum konnte er jetzt keinen Urlaub bekommen? Sie wollten doch heiraten, wenn sie sich wiedersahen. Sie hatte doch schon ihr Kleid fast fertig, das weiße mit den roten Rosen. Sie hatte überall herumgefragt, ob jemand noch Gardinenstoff übrig hatte. Sie wollte daraus einen Überrock über die Rosen nähen, damit es auch nach Brautkleid aussah. Und vielleicht einen Schleider dazu. Oh, die Bilder für das Brautkleid spukten ihr schon seit der Verlobung im Kopf herum. Sie hatte sogar mit ihrer Mutter darüber gesprochen. Allerdings fand diese ein Kleid mit roten Rosen etwas zu gewagt für ein Hochzeitskleid. Aber Magdalena wollte jetzt noch etwas warten, bis Fritz wieder schrieb, bis er seine Rückkehr ankündigte.

Es tat so weh. Wie sollte sie nur diesen Krieg überstehen ohne ihren Fritz? Die Tränen kullerten über ihre Wangen. Ihre Mutter legte die Arme um sie und versuchte, sie zu trösten. „Er kommt bestimmt bald wieder." Richtig überzeugend klangen diese Worte nicht, aber auch ihre Mutter gehörte zu den Menschen, die die Hoffnung nie aufgaben.

Am Abend setzte sich Leni in ihrem Zimmer an den kleinen Schreibtisch und schrieb einen langen Brief an Fritz. In den Tagen darauf setzte sie immer noch mal wieder einen Absatz dazu, bis sie endlich am Samstag den Umschlag zuklebte und abschickte.

1943 – Januar

Endlich wieder Post von Fritz. Aber diesmal nur eine Postkarte. „Danke für Post. Rücken weiter vor nach Stalingrad. Kuss Fritz" Alleine diese paar Worte ließen Leni eine Gänsehaut über den Rücken hinunterrieseln. Wann würde dieser Krieg endlich zu Ende sein? Aber so etwas nur zu denken, grenzte schon an Hochverrat, aussprechen durfte sie es auf gar keinen Fall.

1943 – Mai

Seit Wochen war ihr erster Weg jeden Tag, wenn sie vom Unterricht nach Hause kam, zum Briefkasten, aber es kam keine Post mehr von Fritz. Jeden Abend weinte sie sich in den Schlaf. Sie spürte, dass etwas passiert sein musste, sonst hätte er doch geschrieben.

Es war kurz nach Pfingsten, als Leni nach Hause kam und ihre Mutter und Fritz' Mutter am Tor stehen sah mit einem Brief in der Hand. Innerlich jubelte Leni, endlich Post von Fritz. Als sie aber in das ernste Gesicht ihrer Mutter sah, wusste sie, dass dieser Brief nicht von Fritz kam. Sie nahm ihn in die Hand – der Absender war das Rote Kreuz. Mit Tränen in den Augen öffnete sie den Brief, die Buchstaben verschwammen vor ihren Augen, sie konnte nichts lesen und reichte ihn ihrer Mutter. Diese las vor: „Wir müssen Ihnen mitteilen, dass Ihr Sohn vor Stalingrad als vermisst gemeldet wurde."

Leni knickten die Beine weg, sie setzte sich auf die Treppe und legte den Kopf in ihre Arme. Lautlos schluchzte sie, immer wieder sagte sie leise vor sich hin: „Nur vermisst, er lebt bestimmt noch, er kann nicht tot sein, er darf nicht tot sein."

Hilflos sahen die beiden Frauen sie an, auch ihnen liefen die Tränen über die Wangen, sie konnten sie nicht trösten. Keine wusste, wie diese schwere Zeit zu überstehen war.

1944 – März

Eines Nachmittags nach dem Essen hatte sich Magdalena auf ihr Fahrrad geschwungen und war zur Burg gefahren. Den ganzen Morgen schon hatte sie Kopfschmerzen. Die frische Luft würde ihr gut tun. Aber dort angekommen, trat sie, tief in Gedanken an ihren Fritz versunken, weiter in die Pedale und fand sich bald darauf oben auf der Hub, einer kleinen Anhöhe außerhalb Dreieichenhains in Richtung Götzenhain / Sprendlingen, wieder. Normalerweise war dies ein wunderschöner Ort, denn von hier oben konnte man bei schönem Wetter und klarer Sicht bis nach Frankfurt sehen. Doch als sie sich umschaute, hatte sie das Gefühl, dass sie hier oben nicht sein sollte. In letzter Zeit hatte es immer wieder Luftangriffe in der Umgebung gegeben. Sie brauchte Deckung. Hier oben saß sie wie auf dem Präsentierteller. Sie stellte ihr Fahrrad an einer Hecke ab und setzte sich eng daneben auf einen großen Stein.

Langsam kam die Dämmerung herangekrochen. Leni war ganz in Gedanken versunken. Da schreckte sie ein Brummen auf. Oh Gott, Bomber der Alliierten – hoffentlich nicht hierher. Sie musste zurück. Schon wollte sie aufstehen, da merkte sie, dass die Bomber weiter nördlich flogen – Frankfurt war offensichtlich das Ziel. Sie blickte hinauf, da standen auch schon die ersten s.g. „Christbäume" am Himmel. Sie musste hier weg, sofort. Schnell schob sie ihr Fahrrad auf den Weg und trat in die Pedale, so schnell sie konnte. Unwillkürlich zog sie den Kopf ein, wenn es in der Ferne krachte. Die Fahrgasse war leergefegt, ihr Fahrrad rumpelte über das Kopfsteinpflaster. Nach 10 Minuten kam sie außer Atem zu Hause an, ihre Mutter wartete schon im Hof. „Frankfurt wird bombardiert!" Mehr konnte Leni nicht mehr sagen, sie war außer Atem und ließ sich auf die Außentreppe fallen, um erst mal Luft zu holen. Dort nahm ihre Mutter sie in den Arm und ging mit ihr hinein in die Küche. Hier saßen sie und ihre Eltern dann und warteten, warteten auf das Ende der Bombardierung. Der Feuerschein der brennenden Stadt Frankfurt war die ganze Nacht über zu sehen.

1944 – September

Langsam ging Leni durch die Reihen der Schüler, kontrollierte die Schiefertafeln und die Buchstaben, die die Kleinen darauf gemalt hatten. „Aber Karlchen, warum hast du noch kein „A" gemalt? Schau, ich zeige es dir noch mal. So nimmst du den Kreidestift in die Hand, dann einmal auf, einmal ab und ein Querstrich dazu. Jetzt versuch es noch einmal." Dieser kleine Junge schaute sie so vertrauensvoll an, dabei hatte er Schwierigkeiten, sie zu verstehen. Aber bis zum Ende des Schuljahres wollte sie ihm schon das ABC beibringen. Die anderen Kinder hingen mit ihren Nasen tief über den Schiefertafeln und übten die einzelnen Buchstaben.

Einige hatten vor lauter Anstrengung die Zungenspitze zwischen die Zähne geklemmt. Bevor die Stunde zu Ende ging, verteilte sie noch an jedes Kind ein Stück Papier, worauf sie am Anfang jeder Zeile einen Buchstaben geschrieben hatte. „Als Hausaufgabe über das Wochenende bis zum Montag übt ihr bitte auf diesem Papier mit Bleistift die einzelnen Buchstaben, ja?" Alle Kinder sahen sie groß an und nickten. Dann ertönte die Glocke, es war große Pause, die Kinder strömten mit Getöse hinaus auf den Schulhof.

Bald war auch die letzte Schulstunde vorbei, dann war endlich Wochenende und sie hatte frei. Als Leni auf den Schulhof kam, stand dort ihre Mutter, tränenüberströmt. Leni ging zu ihr, nahm sie in den Arm. „Was ist denn passiert?" „Sie haben Vadder mitgenommen!" „Papa? Warum? Wohin?" Es dauerte eine Weile, bis Leni erfuhr, dass ihr Vater verhaftet worden war. Warum, wusste ihre Mutter nicht genau. Es hatte irgendetwas mit Propagandamaterial zu tun. Er war nach Darmstadt gebracht worden. Ins Gefängnis. Das hatte man ihr wenigstens noch gesagt. „Was sollen wir jetzt nur tun? Oh Gott, oh Gott !" Ihre Mutter konnte keinen klaren Gedanken fassen. Leni nahm sie in den Arm und ging mit ihr zu ihrem Fahrrad. Auf dem Heimweg versuchte sie, ihre Gedanken zu ordnen. Wen könnte sie denn in diesen Zeiten um Rat fragen? Wie es aussah, niemanden. „Morgen fahre ich ganz früh los mit dem Fahrrad nach Darmstadt und dort im Gefängnis wird man mir bestimmt schon etwas sagen können. Das ist garantiert nur ein

Missverständnis und Papa kommt bald wieder nach Hause. Vielleicht kann ich ihn ja schon mitnehmen." Dieser Gedanke beruhigte zwar ihre Mutter, aber Leni war nicht so zuversichtlich.

Am nächsten Morgen war der Himmel mit dunkelgrauen Wolken verhangen und es schüttete, deshalb konnte sie mit dem Fahrrad nicht losfahren. Also nahm Leni den Schirm und ging durch den Wald nach Langen zu den Eltern von Fritz. Sie war verzweifelt und wusste nicht, was sie tun sollte. Der Bruder von Fritz war mit dem LKW unterwegs, aber sein Vater hatte ein Motorrad und versprach, sie damit nach Darmstadt zu bringen, sowie es aufhörte zu regnen. Er wusste auch, wo das Gefängnis war. Er machte ihr aber keine Hoffnung, dass es ihr gelingen könnte, ihren Vater dort so einfach rauszuholen. „Ich glaube nicht, dass wir dort etwas ausrichten können. Dazu müsste man erst mal bei der Polizei vorsprechen. Aber wir können es zumindest versuchen."

Als dann der Regen endlich abgezogen war, ging Darmstadt in Flammen auf. Bomber der Engländer hatten die gesamte Innenstadt mit einem Bombenteppich bedeckt, erst Spreng- und dann Brandbomben. Zwei Tage später kam durch Bekannte die Nachricht aus Darmstadt, dass das Gefängnis abgebrannt war und keiner der Insassen überlebt hätte.

1944 – Oktober

Langsam gingen Leni und ihre Mutter den Weg über die Kirschallee vom Friedhof herunter. Die ganze Familie folgte ihnen. Es war ein trauriger Anlass. Sie hatten eine Gedenkfeier für ihren Vater abgehalten. Ihre Mutter wollte auch eine Grabstätte haben, obwohl es keine Überreste nach dem Brand mehr zu beerdigen gab. Magdalena hatte einen Kuchen gebacken und sie kochte Kaffee, Muckefuck, mehr gab es nicht in diesen Kriegstagen. Ihrer Mutter hatten die Ereignisse der letzten Wochen das Herz gebrochen. Teilnahmslos ließ sie alles über sich ergehen, saß blicklos am Tisch, reagierte nicht auf die Reden der Menschen um sie herum. Leni konnte nur immer wieder den anderen sagen, dass ihre Mutter Zeit brauche.

1944 – Dezember

Die letzten Monate hatte Leni wie in Trance erlebt. Sie erledigte ihre Pflichten, nahm aber an nichts Anteil. Kein Lachen, keine Freude. Ihr fast fertiges Hochzeitskleid hatte sie in ihrem Schrank in den hintersten Winkel verbannt. Abgemagert war sie, ihre Augen noch größer als sonst, keinem gelang es, sie aufzumuntern. Dann, kurz vor Weihnachten, als sie nach Schulschluss nach Hause kam, empfing die Mutter von Fritz sie am Hoftor ihres Elternhauses. Sie war gerade mit dem Fahrrad aus Langen angekommen. In der Hand schwenkte sie eine Karte und sie strahlte. Als Leni bei ihr war, sagte sie atemlos: „Er lebt, er lebt!" Leni nahm ihr die Karte aus der Hand. Tatsächlich, das war die Handschrift von Fritz. „Ich bin in russischer Gefangenschaft. Es geht mir gut. Werde gut behandelt. Vielleicht könnt ihr irgendwann auch Post schicken. Liebe Grüße an meine Leni – Euer Fritz".

„Mein Mann hat mit dem Roten Kreuz gesprochen. Die Gefangenen dort dürfen nur ab und zu schreiben und dann nur wenige Worte. Alles wird kontrolliert. Aber mit dem nächsten Brief kommt bestimmt die Adresse, dann können wir ihm ein Paket schicken mit allem, was er so braucht. Vielleicht darf er dann auch direkt an dich schreiben, Leni. Und dann dauert es bestimmt nicht mehr lange, dass er nach Hause darf. Du wirst schon sehen!" Die Mutter von Fritz machte genau wie Leni eine schwere Zeit durch. Die beiden Frauen fielen sich vor dem Tor in die Arme und weinten sich den ganzen Kummer von der Seele. Aber es waren auch viele Freudentränen dabei.

1945 – Januar

Fritz saß am Tisch und las seinen Brief an Leni noch einmal durch. Was sollte er ihr noch schreiben? Dass er am Verzweifeln war, weil die meisten seine deutschen Kameraden schon entlassen worden waren, nur er noch nicht? Dass er mit den anderen Gefangenen immer wieder an andere Orte verlegt wurde, und nicht wusste, warum? Nein, das konnte er ihr nicht schreiben. Wenn er die Augen schloss, sah er seine Leni vor sich, wie sie damals zu ihrer Verlobung über die Wiesen auf ihn zu gerannt kam, in ihrem hellgelben Kleid mit der roten Blume am Ausschnitt. Er sah ihre großen Augen vor sich, ihren lachenden Mund und die wild zerzausten Haare, die um ihren Kopf flogen. Alleine diese Bilder in seinem Kopf und die Sehnsucht nach ihr hielten ihn am Leben. Er wusste, dass er sie wiedersehen würde. Er musste sich nur in Geduld üben und den Glauben daran und die Zuversicht nicht verlieren. Die Arbeit in den Wäldern hielt ihn körperlich fit, das Essen war zwar nicht besonders schmackhaft, aber doch nahrhaft genug, sodass er nicht hungern musste.

Er nahm den Briefbogen und steckte ihn in das bereits an Leni adressierte Kuvert. Schon wieder war ein Jahr vorbei und er war immer noch hier in Russland gefangen. Bis jetzt hatte er nur zweimal Nachricht von seiner Familie erhalten, eine kurze Postkarte, mehr nicht. Wer weiß, wie viele seiner Postkarten verloren gegangen waren, wie viele der Antworten bei ihm angekommen waren. Vielleicht gelang es ihm diesmal, diesen Brief über einen Kameraden, der in die Heimat entlassen wurde, nach draußen zu schmuggeln, damit seine Familie ausführlichere Nachrichten von ihm bekam.

1945 – April

Leni saß an ihrem Schreibtisch und las den Brief von ihrem Liebsten. Tatsächlich hatte er im Januar einen ausführlichen Brief schreiben dürfen, mit einer Adresse, wohin sie ein Paket schicken konnten, mit Dingen für das tägliche Leben. Warme Sachen zum Anziehen, soweit möglich, vor allem auch warme Socken. Immer wieder war er verlegt worden, aber es ging ihm den Umständen entsprechend ganz gut. Wann er nach Hause kommen durfte, konnte er nicht sagen. Er hoffte bald. Die sibirische Kälte machte ihm zu schaffen, deshalb hatten seine Eltern und auch Magdalena Socken, Mützen, Handschuhe und Schals gestrickt und in getrennten Paketen an die angegebene Adresse geschickt, in der Hoffnung, dass alles, oder wenigstens nur ein Paket, bei ihm ankommen werde. Leni hatte einen langen Brief ihrem Paket beigelegt und sich bemüht, nur Positives zu schreiben.

1945 – Juli

Der Krieg war zu Ende. Magdalena stand am Friedhof vor dem Grab ihres Vaters. Sie hatte drei kleine Blumensträuße aus ihrem Garten mitgebracht. Den einen legte sie auf das Grab ihres Vaters. Dann ging sie weiter und hielt vor dem Grab ihrer Freundin Martha. In den letzten Kriegstagen auf dem Weg nach Hause war ihr Zug bombardiert worden. Unter den Toten war auch Martha gewesen. Mit Tränen in den Augen und einem stillen Gruß legte Leni die Blumen ab und ging zwei Gräber weiter zu Katharina. Sie war noch in den letzten Kriegsmonaten als Flak-Helferin eingezogen worden und als die Stellung bombardiert wurde, war auch sie unter den Toten. Magdalena vermisste sie beide. So viele glückliche Stunden hatten sie miteinander verbracht. Sie dachte an ihre unbeschwerte Zeit vor sechs Jahren zurück, als sie damals alle zusammen auf der Kerb getanzt hatten. Jetzt waren ihre beiden Freundinnen tot und auch Jakob war gefallen. Ach, wenn doch nur ihr Fritz bald zurückkäme. Jeden Abend betete sie darum, dass er gesund und bald wieder bei ihr wäre. In stillem Gedenken und mit Tränen in den Augen stand Magdalena vor den Gräbern und dachte an früher. Es war so ungerecht, dass diese drei ihr nahe stehenden Menschen so früh hatten gehen müssen. Magdalena hing ihren Gedanken nach und es dauerte etwas länger an diesem Tag, bevor sie sich auf den Weg nach Hause machte und den Friedhof verließ.

Seit ein paar Monaten hatte sie zusätzliche Arbeit angenommen. Um keine Zeit zum Grübeln zu haben, schneiderte sie für Bekannte und Verwandte neue Kleider. Dadurch verdiente sie sich ein paar Mark nebenbei und konnte ihre gelernten Fähigkeiten anwenden. Für sich selbst hatte sie bis jetzt nichts mehr genäht, sie brauchte nichts, hatte mit dem Wenigen genug. Aber jetzt nach dem Krieg schauten viele Frauen wieder auf schöne Kleider und die Nachfrage wuchs.

Leni hatte viel zu tun. Sie hatte ihren Schulunterricht. Durch Mundpropaganda auf sie aufmerksam gewordene Frauen fragten bei ihr an. Sie kamen mit Stoffen zu ihr und Magdalena nähte ihnen die schönsten und modernsten Kleider und Kostüme. Damit baute sie schnell einen großen Kundenstamm auf und sie konnte von ihrem Verdienst leben. Vor allem, da sie keine großen Ansprüche hatte. Ohne ihren Fritz erschien ihr das Leben so trostlos.

Ihre Mutter stellte ihr das alte Kinderzimmer als Nähstube zur Verfügung. Manchmal musste sie ihre Tochter zwingen, an die frische Luft zu gehen. Da sie sich große Sorgen machte, dass Leni sich zu sehr in ihrer Arbeit vergrub, ging sie jeden Tag mit ihr auf den Friedhof. Dort konnte sie Leni oft noch zu einem kleinen Spaziergang durch den Wald überreden, einfach mit der Erwähnung, dass es ihr so gut tue. Das half nicht nur ihr, sondern auch ihrer Tochter. Somit war ihnen beiden gedient.

1946 – 1948

Magdalena hatte es sich angewöhnt, jeden Abend ein paar kleine Sätze an ihren Fritz zu schreiben. Sie hoffte, dass es ihn aufrichtete, ihm die Hoffnung gab, durchzuhalten. Jede Woche schickte sie eine Postkarte oder einen Brief an die letzte bekannte Adresse von ihm, in der Hoffnung, dass wenigstens ein paar dieser Nachrichten ihn erreichten. Manchmal kam auch Antwort von Fritz, hin und wieder ein Brief, den er aus dem Lager hinausschmuggeln konnte. Sie spürte intuitiv, dass er nur mühsam seine Hoffnung aufrecht hielt. Jede Nachricht von ihm schmerzte sie tief im Inneren. Aber sie zwang sich, positiv zu denken und ihm auch positive Nachrichten zurückzuschicken.

1949 – Februar

Endlich – das Rote Kreuz hatte einen Brief an die Eltern von Fritz und an Magdalena geschickt mit der Information, dass ihr Sohn bzw. Verlobter Fritz Pfeifer aus der russischen Kriegsgefangenschaft entlassen und in zwei Monaten wieder zu Hause sein würde. Im März würde der Rücktransport von Russland erfolgen, dann müsse er zwei Wochen im Lager Friedland verbringen und käme dann Anfang

April mit dem Zug in Frankfurt an. Der genaue Ankunftstermin würde ihnen noch mitgeteilt werden.

Als Leni diesen Brief in Händen hielt, fiel ihr ein riesengroßer Stein vom Herzen. Die vergangenen fünf Jahre waren die bisher schwersten ihres Lebens gewesen. Es dauerte lange, bis endlich die Tränen versiegt waren und sie sich soweit beruhigt hatte, dass sie mit einem Lächeln auf den Lippen zu ihrer Mutter in die Küche gehen konnte. Gemeinsam lasen sie den Brief des Roten Kreuzes noch einmal durch. Dann beschloss Magdalena, nach Langen zu den Eltern von Fritz zu gehen, um mit ihnen auf die frohe Botschaft anzustoßen.

Leni holte ihr Fahrrad und fuhr nach Langen zu ihren zukünftigen Schwiegereltern. Auch sie hatten den Krieg ganz gut überstanden, allerdings hatte sie die Sorge um ihren jüngsten Sohn sehr mitgenommen und krank gemacht. Diese positiven Nachrichten dürfte ihnen helfen, wieder froh in die Zukunft zu schauen.

Ein paar Tage später hatte die Post Magdalena einen Brief von Fritz gebracht, seinen letzten hoffentlich aus Russland. Überschwänglich hatte er darin von der Zeit nach seiner Rückkehr geschrieben, von ihrer Hochzeit und auch ihre Auswanderungspläne für Kanada hatte er nicht vergessen.

Im letzten Jahr hatte die Stadtverwaltung ihnen auch noch eine Flüchtlingsfamilie zugewiesen. Diese wohnte jetzt im Dachgeschoss. Sie stammten aus

Oberschlesien und hießen Müller mit Nachnamen. Die Frau war schwanger. Mehr wusste Leni eigentlich nicht von ihnen, der Mann arbeitete auf dem Bau in der Umgebung, die Frau hielt sich meist in der Wohnung auf. Sie sahen sich nur selten. Aber sie schienen auf den ersten Blick sehr sympathisch zu sein und Leni versuchte, mit der Frau ab und zu ins Gespräch zu kommen. Einmal erwähnte die Frau, dass sie gerne wieder zurück möchte nach Hause, sobald das irgendwie möglich sei. Leni lud sie einmal zu einer Tasse Kaffee ein und erfuhr so viel vom Land und Leben in Oberschlesien. Frau Müller erzählte von ihren Verwandten, die den Krieg überlebt hatten und dass sie in Briefkontakt mit ihnen stand. Leni begriff, dass diese Familie es in der Fremde hier nicht leicht hatte und alle unter Heimweh litten.

1949 – April

Endlich war der Tag da, Fritz sollte mit dem Zug in Frankfurt eintreffen. Auch der Wettergott spielte mit. Der Frühling zeigte sich von seiner schönsten Seite, blauer Himmel, Sonnenschein, überall blühten die Blumen. Schon früh am Morgen hatte sich Magdalena auf den Weg gemacht. Seine Eltern wollten ihn lieber zu Hause empfangen, die Fahrt nach Frankfurt und die ganze Aufregung dabei waren zu viel und zu anstrengend für sie. In Frankfurt stand Magdalena mit vielen anderen Menschen auf dem

Bahnsteig und wartete. Natürlich war sie viel zu früh dort gewesen, und viel zu aufgeregt, um ihre Umgebung richtig wahrzunehmen. Dann gingen alle Köpfe nach links – der Zug fuhr ein.

Das Herz klopfte ihr bis zum Hals, aufgeregt stand sie in der Menge und reckte sich über die Köpfe der anderen Menschen, um ihn ja nicht zu verpassen. Dann stand der Zug und direkt vor ihr öffnete sich die Tür. Nein, Fritz war nicht unter den Aussteigenden, sie blickte nach links und rechts, konnte ihn aber nicht entdecken. Sie schaute hinter sich, dort stand eine Bank. Sie kletterte darauf und überblickte die Menge. Dort hinten, am vorletzten Waggon, dort stand ein Mann, der sich suchend umschaute. Das war er! Aufgeregt winkte sie ihm zu. Da – er hatte sie entdeckt und winkte zurück. Sie sprang von der Bank und kämpfte sich durch die Menge. Auch er kämpfte sich in ihre Richtung und plötzlich stießen sie zusammen. „Fritz – mein Fritz!" Mehr brachte sie nicht heraus, die Tränen flossen in Strömen, sie konnte sie einfach nicht zurückhalten. Auch er brachte keinen Ton heraus, ließ seinen kleinen Koffer fallen und nahm sie in die Arme. So standen sie eine ganze lange Zeit, lauschten dem Herzschlag des anderen und konnten es nicht fassen, dass sie sich nach so endlos langen Jahren endlich wiedersahen. Dann küsste Fritz seine Magdalena lange und innig, und flüsterte ihr ins Ohr: „Davon habe ich die ganzen letzten fünfeinhalb Jahre geträumt." Leni konnte nur nicken.

Der Bahnsteig hatte sich inzwischen geleert und sie waren die Letzten, die jetzt langsam zum Zug nach Langen schlenderten. „Deine Eltern warten in Langen auf dem Bahnhof. Weißt du, das hier wäre für sie zu aufregend geworden. Deine Mutter wirbelt schon die ganze Woche in der Küche herum, um dir alle deine Lieblingsgerichte zu kochen. Wenn sie dich sieht, wird sie dich stopfen, wie eine Weihnachtsgans." Endlich konnte Magdalena auch wieder lachen. Sie sah Fritz an und er lachte zurück. Glücklich hielten sie sich im Arm und warteten auf den Zug, der sie nach Langen und nach Hause bringen werde.

1949 – Mai

In der langen Zeit von Fritz' Gefangenschaft hatte Leni begonnen, ihr weißes Kleid immer weiter zu besticken. Jetzt rankten sich die Rosen rundherum um den Saum, kletterten zur Taille hoch und weiter über den Ausschnitt, um dann über einem Träger hinunter auf dem Rücken zu enden. Kurz nach der Rückkehr von Fritz waren sie beide zum Standesamt gelaufen und hatten das Aufgebot bestellt. Sie wollten so schnell es ging heiraten. Als sie beim Pfarrer anfragten, war dort der 23. Mai für die kirchliche Trauung frei und überglücklich hatten sie alle Formalitäten geregelt.

Dann begannen fieberhaft die Vorbereitungen für die Hochzeitsfeier. Es war für den Vater von Fritz

Ehrensache, den Brautwagen zu fahren. Hektisch wurde in den beiden Familien gewerkelt, geschlachtet, geräuchert, gebacken und was sonst noch dazu gehörte. Auch Wein und Schnaps trieb der Bruder von Fritz auf und Fritz wollte gar nicht erst wissen, woher das alles kam. Eigentlich hatten Leni und Fritz nur eine kleine Feier gewollt, im allerengsten Familienkreis, aber daraus wurde wohl nichts.

Leni hatte in einer Kiste ihrer Mutter noch einen weißen, fast durchsichtigen Voilestoff, höchstwahrscheinlich eine alte Gardine, entdeckt, daraus nähte sie noch schnell einen Mantel mit langen Ärmeln für ihr weißes Brautkleid mit den Rosen, die darunter hervorragend zur Geltung kamen. Der Stoff reichte auch noch für einen Unterrock und einen kleinen kurzen Schleier. Fritz konnte am Hochzeitstag die Augen nicht von seiner Leni lassen, als sie so mit ihm zum Altar schritt. Endlich! Davon hatte er in den kalten Winternächten in Russland geträumt. Ab und zu zwickte er sich heimlich, um zu sehen, dass das alles Wirklichkeit war.

Für die Feier hatte Lenis Mutter ihr Wohnzimmer ausgeräumt, damit alle Gäste hinein passten, wie damals, als sie Verlobung gefeiert hatten. Das Brautpaar saß händchenhaltend am Kopfende und strahlte glücklich. Fritz sah gut aus in seinem Anzug (er war vom Nachbarn ausgeliehen, aber das tat der Freude keinen Abbruch), und er hatte sich auch inzwischen etwas erholt und sogar an Gewicht wieder zugelegt, dank der guten Küche seiner Mutter.

Leni hatte gleich nach Kriegsende in ihrem Elternhaus zwei Zimmer für sich und Fritz hergerichtet und in diese beiden Zimmer zog das junge Brautpaar jetzt ein. Lenis Mutter stellte ihnen im Erdgeschoss ihre Küche und das Bad zur Verfügung. Glücklich nahm Fritz seine Leni abends in den Arm. „Jetzt wird alles gut, du wirst sehen!", flüsterte er ihr ins Ohr. Leni strahlte über das ganze Gesicht. „Solange du bei mir bist, ist alles gut!", flüsterte sie zurück.

1949 – Juli

Er rannte, rannte so schnell er konnte. Nur weg! Schneller, schneller, weiter, nur weiter. Kopf runter, in Deckung. Schüsse knallten! Rechts und links schrien seine Kameraden. Dann dröhnten auch schon die Kanonen. Granaten schlugen rechts und links von ihm ein. Er duckte sich! Und rannte! Der Feind schien überall zu sein. Nur nicht stehenbleiben, immer weiter, weiter, irgendwo musste doch eine Deckung zu finden sein. Dann stolperte er und fiel – direkt auf einen Kameraden. Blutüberströmt schauten tote Augen ihn an. Er schrie auf, hob den Kopf und sah direkt in die Mündung eines Gewehrs. Noch einmal schrie er auf, schloss die Augen, wartete auf den Schuss - doch da umfingen ihn Arme. Er wehrte sich, aber die Arme ließen ihn nicht los und als er die Augen öffnete, blickte er direkt in die Augen seiner Frau Magdalena, die ihn fest umschlossen hielt.

„Du bist in Sicherheit, mein Schatz, ich bin hier und halte dich fest!" Sie sah ihn besorgt an. Da ließ Fritz sich aufschluchzend an ihre Brust sinken und weinte, das erste Mal, seit er vor gut drei Monaten endlich, nach so langer Zeit, nach Hause zurückgekommen war.

„Bitte sprich mit mir, seit Wochen hast du diese Alpträume. Sprich mit mir, ich bin doch deine Frau und ich liebe dich doch so. Fritz, dich so leiden zu sehen, bricht mir das Herz. Wir können, wir müssen über alles reden. Bestimmt können wir das ja zusammen überwinden. Bitte, Fritz!" Und sie sah ihn dabei mit ihren großen Augen an, diese Augen, die ihn gerettet hatten in der Gefangenschaft, die er so oft vor sich gesehen hatte während dieser Zeit. Endlich nahm er sich ein Herz und erzählte seiner Leni von seinen Alpträumen, von seinen Kriegserlebnissen, seiner Gefangenschaft in Russland. Es brach aus ihm heraus und Leni hielt ihn dabei im Arm. Sie weinten zusammen und trösteten sich gegenseitig. In dieser Nacht kamen sie nicht mehr zum Schlafen, so viel hatten sie sich zu erzählen.

Als dann die Sonne sich am Horizont zeigte, machte Leni ihm noch ein großes Geschenk. Das größte überhaupt. „Ich glaube, ich bin schwanger. Meine Tage sind seit 4 Wochen überfällig." Fritz konnte seine Tränen nicht zurückhalten, aber diesmal waren es Freudentränen. „Jetzt wird alles gut. Morgen soll ich mich ja in Langen beim Forstamt vorstellen. Die suchen jetzt einen Förster. Vielleicht klappt es ja."

Am nächsten Abend setzten sich Leni und Fritz bei ihrer Mutter in der Küche an den Tisch. Fritz erzählte von seinem Gespräch im Forstamt. „Ich habe wirklich die Stelle als Förster bekommen. Morgen soll ich noch mal hinkommen, um den Vertrag zu unterschreiben. Dann kann ich ab nächsten Monat im Koberstädter Wald arbeiten. In den ersten Monaten werde ich vom derzeitigen Förster eingearbeitet. Zum Ende des Jahres geht er in den Ruhestand. Im Herbst muss ich noch ein paar Kurse besuchen, eine Prüfung ablegen und natürlich den Jagdschein machen. Der Oberförster wohnt im Forsthaus gleich oben an der Straße nach Langen. Da kann ich mit dem Fahrrad hinfahren oder laufen. Mein Dienst beginnt dort morgens um 7 Uhr." Fritz strahlte über das ganze Gesicht. „Oh Fritz, das ist wunderbar!" Leni strahlte mit ihm um die Wette. Sie wusste, ihr Fritz kam seinem Traumberuf vom Forstarbeiter oder Ranger, wie er in Kanada genannt wurde, immer näher.

1950 – Februar

Leni wischte sich den Schweiß von der Stirn und massierte ihren Rücken. Unter Mühen hatte sie gerade die Küche aufgewischt. Schon seit heute Morgen in der Früh hatte sie Rückenschmerzen, und sie hatte den unbestimmten Verdacht, dass sich die Wehen langsam ankündigten. Schließlich war es die richtige Zeit, wenn sie der Hebamme glauben sollte. Sie setzte sich auf einen Stuhl und überlegte, dann entschied sie sich, zu ihrer Mutter hinunter zu gehen.

„Kind, geht es los?", waren die ersten Worte ihrer Mutter, als sie sie sah. Leni meinte: „Ich weiß nicht, mein Rücken tut so weh, aber ob das schon Wehen sind?"

„Ich lauf schnell zur Hebamme, sie wohnt ja nur hier um die Ecke, bin gleich wieder da." Gerade war ihre Mutter aus der Tür, da wand sich Leni unter Schmerzen, dann war alles wieder vorüber, 5 Minuten später ging es wieder los. Das sind eindeutig Wehen, dachte Leni. Da stand auch schon ihre Mutter mit der Hebamme in der Tür. Ein Blick auf Leni und beide Frauen sagten: „Es geht los." Leni wurde von ihnen in ihr Schlafzimmer im ersten Stock verfrachtet. Dann werkelten sie in der Küche, halfen Leni und nach einer Stunde meinte ihre Mutter: „Ich sag mal dem Arzt Bescheid." Aber bis dieser kam, war schon alles vorbei. Leni hatte einen gesunden Jungen zur Welt gebracht.

Als Fritz am Abend nach Hause kam, empfing ihn seine Schwiegermutter mit leuchtenden Augen: „Dein Sohn ist da!"

Fritz ließ die Tasche fallen, sprintete die Treppe hinauf und riss die Schlafzimmertür auf, wobei er sich vergeblich bemühte, leise zu sein. Leni hatte ihn bereits gehört und ihre Augen strahlten ihm entgegen. Vergessen war aller Schmerz. Neben ihr lag der kleine Johannes, sauber und gesättigt. Fritz gab Leni einen dicken Kuss, dann beugte er sich über seinen Sohn. Der schlug die Augen auf und sah ihn an. „Hallo, mein Kleiner, ich bin dein Papa." „Du kannst ihn ruhig auf den Arm nehmen", meinte Leni. „Alles ist gut gelaufen, der Arzt ist auch zufrieden. Der Kleine ist gesund und morgen kommt noch mal die Hebamme vorbei. Ich fühle mich gut. In zwei Tagen darf ich wieder aufstehen."

Durch die Geburt von Johannes änderte sich das Leben von Leni und Fritz schlagartig, wie bei so vielen neuen Eltern. Aber auch die Mutter von Leni erholte sich zusehends. Ihr größtes Glück war es, wenn sie ihren kleinen Enkelsohn im Kinderwagen spazieren schieben durfte. Sie half Leni, wo es nur ging und fand dadurch wieder Lebensmut nach dem Tod ihres Mannes.

Leni sprach mit Fritz und er war damit einverstanden, dass sie nach den Sommerferien, wenn der kleine Johannes nicht mehr gestillt werden musste, versuchen wollte, wenigstens für ein paar Stunden wieder in den Schuldienst zurück zu kehren. Dieser Wunsch kam eigentlich einer kleinen

Revolution gleich, denn es war alles andere als selbstverständlich, dass eine Mutter mit Baby arbeiten ging. Aber sie brauchten das Geld und ihre Mutter wollte ja auf den kleinen Johannes aufpassen und es wären auch nur ein paar Stunden. Sie sprach mit dem Schulleiter und da man für das neue Schuljahr noch keine Handarbeitslehrerin gefunden hatte, war man damit einverstanden, dass Leni zwei Mal in der Woche unterrichtete.

Inzwischen war Fritz in seinem Traumberuf angekommen und gut aufgenommen worden. Er hatte die zusätzlichen Kurse mit Bravour gemeistert. Jeden Morgen fuhr er mit dem Fahrrad zur Arbeit. Leni besuchte ihn oft nachmittags mit dem kleinen Johannes im Kinderwagen. Wenn sie dann gemeinsam durch den Forst spazierten, sprachen sie über ihre früheren Pläne vom Auswandern nach Kanada. Leni hatte nach der Rückkehr von Fritz aus der Gefangenschaft instinktiv gespürt, dass Fritz sich in seiner Heimat nicht mehr wohl fühlte. Sie konnte ihn so gut verstehen, aber ihr Plan hatte einen schwerwiegenden Hindernisgrund: Ihnen fehlte das nötige Geld, um in der Fremde neu anzufangen.

Allerdings versuchten sie inzwischen herauszufinden, welche Chancen sie überhaupt hatten, für Kanada ein Einwanderungsvisum zu erhalten. Fritz wollte dort in diesem weiten Land doch unbedingt als Förster arbeiten. Waren denn die Voraussetzungen überhaupt von Seiten seiner Ausbildung gegeben, dass er dort eine Anstellung finden würde? Musste man vorher bereits eine Zusage haben? Welche Bedingungen mussten sie erfüllen, um alle miteinander nach Kanada zu kommen? Konnte Leni auch dort als Lehrerin arbeiten? So viele Fragen mussten noch geklärt werden.

„Wir können uns doch schon mal dazu erkundigen. Ich habe die nötigen Kontaktadressen hier in Deutschland schon herausgefunden. Es gibt eine Gesellschaft der kanadischen Eisenbahn, die uns vielleicht helfen kann. Dorthin schreibe ich am Wochenende, und gleichzeitig auch an die Botschaft in Köln. Ich erkläre alles und bitte sie, uns entsprechende Unterlagen zu schicken. Es wird ja wohl noch eine Weile dauern, bis wir das Geld für die Überfahrt zusammengespart haben."

Es war inzwischen Sommer geworden, und der kleine Johannes versuchte schon, von Neugierde getrieben, in seinem Kinderwagen zu sitzen, damit er alles sehen konnte.

1953 - Oktober

Seit der kleine Johannes auf der Welt war, hatte ihre Mutter wieder eine Aufgabe. Wenn Leni morgens für ein paar Stunden in der Schule war, hütete sie ihren Enkelsohn wie ihren Augapfel. Der kleine Junge liebte seine Oma über alles. Sie nahm sich viel Zeit für ihn, spielte mit ihm, zeigte ihm ihre Arbeit im Garten, erzählte Geschichten von früher, und der kleine Johannes saugte alles auf wie ein Schwamm. Überall wollte er seiner Oma helfen und Lotti ließ ihn gewähren. Allerdings spürte sie inzwischen die Last des Alters. Es ging ihr nicht mehr alles so leicht von der Hand wie früher. Immer öfter musste sie sich zwischendurch mal setzen. Die Beine taten ihr weh, ihr Herz machte ihr zu schaffen. Der Arzt hatte ihr ganz lapidar erklärt, dass die Beschwerden nun mal altersgemäß seien, sie sei schließlich nicht mehr die Jüngste.

Im letzten Herbst hatten sie den Vater von Fritz beerdigt. Er hatte einfach morgens tot im Bett gelegen. Herzinfarkt, diagnostizierte der Arzt. Seine Frau war schon länger krank, Krebs. Der Tod ihres Mannes nahm ihr allen Lebensmut und sie starb noch kurz vor Jahresende. Auf der Beerdigung sprach der Pfarrer von Nachkriegsopfern, so viel Leid zu ertragen war eben nicht immer möglich.

Der Bruder von Fritz übernahm daraufhin den elterlichen Betrieb. Ihre Eltern hatten ein Testament aufgesetzt, wonach Walter den Betrieb bekam und

Fritz sollte dafür eine entsprechende Geldsumme ausgezahlt bekommen. Dieses Geld hatten sie bereits auf einem separaten Konto zusammengespart. Nach der Beerdigung der Mutter nahm Walter seinen Bruder zur Seite. „Hör mal, Fritz, das Geld, das auf dem Konto für Dich liegt, das könnte ich gut gebrauchen, um den Betrieb zu modernisieren. Vater hat ja in den letzten Jahren nichts mehr gemacht und jetzt brummt das Geschäft, ich brauche einen neuen Wagen und eine neue Lagerhalle. Du weißt, was das kostet. Ich zahle es Dir später aus, bestimmt." Fritz überlegte kurz, dann erklärte er sich damit einverstanden. „Aber wir machen das ganz ordentlich, wie es sich gehört, mit Vertrag über den Notar. Du bezahlst das Geld in monatlichen kleinen Raten aus, und wenn es Dir finanziell wieder besser geht, kannst Du den Rest zahlen." Walter war damit einverstanden und am nächsten Tag gingen sie zum Notar, um den Vertrag aufzusetzen.

Fritz fühlte sich in seinem Wald und in seinem Beruf als Förster sehr wohl. Inzwischen hatten er und Leni die Unterlagen für die Auswanderung erhalten und studierten sie fast jede Woche. Von dem kleinen zusätzlichen Gehalt, das Leni von der Schule bekam und von ihren Schneiderarbeiten konnten sie jeden Monat etwas Geld zur Seite legen. Auch die kleineren Beträge, die Fritz von seinem Bruder aus seinem Erbe, wenn auch unregelmäßig, bekam, landeten auf ihrem Sparbuch. Fritz hatte in Frankfurt eine Schule gefunden, wo er abends und am Wochenende Englisch lernen konnte. Dafür fuhr er einmal in der Woche nach Feierabend und am Samstagvormittag nach Frankfurt. Die Hausaufgaben machte er zusammen mit Leni, so lernten beide Englisch für ihr großes Abenteuer Kanada.

Eines Abends auf dem Weg zur Schule kam Fritz auf dem Frankfurter Hauptbahnhof an einem Lotteriestand vorbei. Er blieb kurz stehen. Neugierig studierte er die Werbetafeln. Der Hauptpreis war ein Geldgewinn von 100.000 DM. Eine unvorstellbar hohe Summe. Dafür kostete ein Los aber auch ganze 5 DM. Mit diesem Betrag konnte Leni eine ganze Woche lang den Lebensunterhalt für ihre kleine Familie bestreiten. Fritz dachte an sein Gehalt, das nicht besonders üppig war, an den Gewinn, an die Chance, soviel Geld in der Hand zu halten. Damit konnten sie sich in Kanada ein neues Leben aufbauen, sofort. „Was soll's!" Ohne weiter darüber nachzudenken, holte Fritz seine Geldbörse heraus und kaufte ein Los. Der Losabschnitt wurde mit seinem Namen und Adresse versehen und in eine große Lostrommel geworfen. Im Dezember sollte die Ziehung sein. Spät abends, als er mit dem Bus nach Hause fuhr, dachte er kurz, wie schön es doch wäre, einmal Glück zu haben und nicht immer den Pfennig umdrehen zu müssen. Aber dann dachte er an seine Frau und seinen Sohn und ihm wurde bewusst, dass er ja schon eine ganz große Menge Glück hatte, mit seiner Leni und seinem Johannes.

Als er dann abends im Bett neben Leni lag, überkam ihn doch noch einmal das schlechte Gewissen. „Du, ich glaub, ich hab was Dummes gemacht." „Hmm," brummte Leni müde: „Was denn?" „Ich hab ein Lotterielos für ganze 5 DM gekauft." Leni wurde wieder richtig wach und hob den Kopf. In ihren Augen blitzte der Schalk, als sie das betretene Gesicht ihres Gatten sah. Dann meinte sie ganz ernsthaft: „So viel Geld hast du dafür ausgegeben? Das muss dann ja ein hoher Gewinn sein." „Ja, wenn wir als Hauptgewinner gezogen werden, dann sind das 100.000 DM." „Das ist wirklich viel Geld. Was wir damit alles machen könnten! Wann ist denn die Ziehung?" „Im Dezember, kurz vor Weihnachten." Leni glaubte nicht an Glücksspiel und Lotterielose, aber sie konnte sich nicht verkneifen zu sagen: „Weißt du, die 5 Mark sind nicht so schlimm, du bekommst dann eben die nächsten zehn Wochen deine Kartoffelsuppe ohne Wurst, dann haben wir das Geld bis zur Ziehung wieder raus." Bei diesen Worten lachte sie über das ganze Gesicht. Fritz stutzte kurz, dann aber lachte er mit und nahm Leni in den Arm. Danach vergaßen beide das Los in der Geldbörse.

1953 – Dezember

Kurz vor Weihnachten lag ein großer Umschlag im Briefkasten. Als Leni von der Schule kam, öffnete sie ihn. „Herzlichen Glückwunsch" stand da auf einem Briefbogen, dann die Worte: „Sie haben gewonnen." Leni mochte nicht weiter lesen, sie traute sich nicht. Aber das musste sie sofort ihrem Mann zeigen. Sie nahm ihren Sohn und spazierte mit ihm zum Forsthaus. Es hatte geschneit, die Temperaturen lagen kurz über dem Gefrierpunkt. Leider war Fritz unterwegs. Sie wollte auf ihn warten und spielte derweil mit Johannes im Garten des Forsthauses. Zusammen bauten sie einen großen Schneemann. Eine Stunde später war Fritz zurück. „Nun, was macht ihr denn hier, das ist ja mal eine Überraschung." Fritz führte Leni und Johannes in das warme Forsthaus und machte für beide eine heiße Schokolade, die Johannes so gerne trank. Leni gab Fritz einen langen Kuss, dann reichte sie ihm wortlos den Umschlag. Fritz öffnete ihn und las das ganze Schreiben, nicht einmal, nein, er las es gleich zweimal durch. Zuerst ungläubig, dann strahlend über das ganze Gesicht. „Weißt du, was da drin steht? Hast du es gelesen?" „Ich hab mich nicht getraut, hab nur die ersten Worte gelesen." „Wir haben den Hauptpreis, wir haben das große Los gezogen. Ganze 100.000 Mark. Wir können jetzt endlich unsere Pläne verwirklichen und nach Kanada auswandern." Beiden standen Tränen in den Augen und sie fielen sich in die Arme und hielten sich lange fest.

Dann jedoch sah Leni ihren Mann ernst an: „Aber Fritz, ich möchte meine Mutter jetzt nicht alleine lassen. Außerdem, ich war heute Morgen vor der Schule beim Arzt. Ich bin wieder schwanger. Wir bekommen noch ein Kind." Fritz sagte zuerst nichts, sah seiner Leni nur tief in die Augen, dann lachte er und küsste sie. „Das ist doch toll, so viel Glück auf einmal." Dann nahm er seinen Sohn und schwenkte ihn herum. „Du bekommst ein Geschwisterchen." Der kleine Johannes konnte sich vielleicht nichts darunter vorstellen, aber er freute sich, dass sein Vater ihn durch die Luft warf. Zu Leni sagte Fritz: „Lass uns über das Andere heute Abend nach dem Essen reden. Ich muss jetzt noch mal nach den Krippen schauen, dann komme ich nach Hause. Ich kann es immer noch nicht fassen. Aber ich glaube, wir behalten das erst mal für uns, meinst du nicht?" Leni nickte ihm zu und ging zusammen mit Johannes zurück nach Hause.

Fritz schaute ihnen lange nach. Das war wirklich unglaublich, sie hatten tatsächlich den Hauptpreis gewonnen, das viele, viele Geld. Er sollte sich mit den Leuten in Verbindung setzen, stand in dem Brief, damit man abklären konnte, wohin das Geld überwiesen werden sollte. Oh Gott, oh Gott, er musste einen klaren Kopf behalten. Natürlich konnte er Leni verstehen, dass sie ihre Mutter nicht alleine lassen wollte. Seine Eltern waren tot. Er hatte fast keine Bindung mehr hier an Deutschland, und seine Herzallerliebsten gingen ja mit ihm mit. Außerdem wurde er jetzt auch noch zum zweiten Mal Vater. Er war so aufgeregt, dass er erst mal ein Stück laufen musste, um sich zu beruhigen und wieder klar denken zu können. Wann wohl das Baby kam? Ob Leni das schon wusste? Er hatte ganz vergessen zu fragen. Was es jetzt alles zu bedenken gab. Aber erst mal niemandem etwas von dem Lotteriegewinn sagen. Vor allem nicht seinem Bruder. Der hatte noch nicht mal die Hälfte des ausstehenden Erbes an ihn ausgezahlt. Angeblich hatte er im Moment kein Geld, brauchte es für andere Dinge. Nun, sie kamen auch so zurecht. Und jetzt, nach diesem großen Gewinn – sie mussten genaue Pläne machen, Zeitabläufe festlegen.

Am Abend, als der kleine Johannes im Bett lag, sprachen Leni und Fritz lange Zeit über die Zukunft. „Das Baby soll Anfang Juni kommen. Schau, bis wir alles geregelt haben, die ganzen Papiere und Unterlagen, die wir benötigen, da geht eine Zeitlang drauf. Eigentlich müsste ich bald mal mit meiner Mutter darüber reden, sie soll wissen, dass wir nicht ohne sie fahren. So schlecht, wie es ihr im Moment geht, kann ich sie hier doch nicht alleine lassen." Leni geriet in einen schweren Gewissenskonflikt.

„Aber Leni, ich kann dich doch so gut verstehen, mein Schatz, das verlangt doch auch keiner von dir. Natürlich warten wir erst mal bis nach Ostern, dann reden wir noch mal darüber. Aber wir können doch schon mal alles regeln. Das Geld kommt auf ein Sparkonto, keiner wird etwas davon wissen. Erst wenn das Baby da ist, machen wir unsere endgültigen Pläne. Was meinst du? Bis dahin sagen wir erst mal niemandem etwas, auch deiner Mutter nicht. Sie würde sich nur furchtbar aufregen und ich glaube nicht, dass sie mit uns geht. Also, warten wir doch erst mal ab. Wir haben so viel durchgemacht bis jetzt, wir reden schon seit so vielen Jahren darüber, da kommt es doch auf ein paar Monate oder auch ein Jahr mehr oder weniger nicht mehr an." Fritz war sehr fürsorglich und seine Leni sollte sich nicht unnötig aufregen.

Leni dachte kurz nach, dann nickte sie. Ihr Fritz hatte ja Recht. Über das Knie brechen sollten sie wirklich nichts. Die nächsten Monate würden sie genug zu bedenken und zu erledigen haben.

1954 – Ende März

„Hast du die Müllers gesehen? Die Wohnung ist leer, ich hab schon alles abgesucht, sie sind verschwunden. Ihr Gepäck ist auch weg, die Kleiderschränke und Kommoden sind leer. Das gibt es doch nicht. So einfach verschwindet doch keiner! Niemand hat was gehört oder gesehen. Als hätten sie sich in Luft aufgelöst!" Magdalena war außer sich. Ihre Mutter schüttelte nur den Kopf. „Ich frag mal bei den Nachbarn, ob die etwas gesehen haben. Hast du schon mal nachgesehen, ob von uns etwas verschwunden ist?" Leni sah ihre Mutter fragend an. Ihr kleiner Sohn Johannes spielte auf dem Küchentisch. „Bleib mal bei der Oma, ich bin gleich wieder da." Johannes nickte, er war ganz vertieft in sein Murmelspiel. Als Leni nach einer halben Stunde atemlos die Küche wieder betrat, war es draußen stockfinster. „Keiner hat was gehört oder gesehen. Ich versteh das nicht. Dass die auch nichts gesagt haben. Bei Nacht und Nebel einfach so zu verschwinden, und dann ist Frau Müller auch noch hochschwanger. Das zweite Kind müsste in ein paar Wochen kommen. Fritz muss ja gleich da sein. Komm, Johannes, wir holen den Papa vom Bahnhof ab." Damit nahm sie ihren Sohn bei der Hand und ging mit ihm hinaus. Aber so sehr sie auch später und am nächsten Tag suchten und herumfragten, die Müllers blieben verschwunden, spurlos.

Deshalb ging Leni tags darauf zur Polizei und meldete dort das Verschwinden der

Flüchtlingsfamilie. Der diensthabende Beamte nahm die Vermisstenanzeige auf, aber er machte ihr nicht viel Hoffnung, dass diese Leute gefunden würden. „Viele ziehen wieder zurück in die alte Heimat. Und sie machen nicht viel Aufheben darum. Wir haben in den letzten Monaten noch mehrere solcher Meldungen über Flüchtlingsfamilien erhalten, die einfach verschwunden sind."

Leni nickte und ging nach Hause. Die Erklärung des Beamten hatte ihr zu denken gegeben, aber was sollte bzw. konnte sie schon machen? Nichts! Die Behörden hatten anscheinend kein Interesse daran, die Angelegenheit weiter zu verfolgen. Wenn überhaupt, dann würde nur per Zufall eventuell eine Spur der Familie gefunden werden. Wenn die Müllers allerdings wieder nach Schlesien zurückgekehrt waren, gäbe es auch diese Spur nicht mehr. Dorthin hatten die westlichen Behörden keinen Zugriff.

1954 – April

Es war ein paar Wochen später, Leni war jetzt im 7.Monat ihrer zweiten Schwangerschaft. Am Sonntagmorgen nach dem Frühstück fragte sie ihren Mann: „Hast du was von meiner Mutter gehört? Es ist so ruhig da unten. Ich geh mal schnell runter nachschauen." Kurze Zeit später stand Leni wieder vor ihrem Mann, leichenblass. „Komm schnell mit runter, Fritz, ich glaube, Mutter ist tot. Sie liegt vor ihrem Bett und ich kann keinen Puls mehr fühlen." Fritz eilte mit Leni die Treppe hinunter, der kleine Johannes spielte schon eine Weile im Hof mit seinem Schaukelpferd. Tatsächlich, da lag seine Schwiegermutter, sie sah ganz friedlich aus. So als wäre sie beim Aufstehen zusammengefallen. Fritz eilte zum Arzt. Der kam gleich mit, konnte aber nur noch den Tod feststellen. Herzstillstand. Leni weinte und ließ sich nur sehr langsam von Fritz trösten.

Nach der Beerdigung ihrer Mutter machte sich Leni Vorwürfe. „Ich war so mit mir selbst beschäftigt, dass ich nicht gemerkt habe, wenn es ihr schlecht ging. Sie hat bestimmt geahnt, was wir vorhaben, mit der Auswanderung. Das hat sie verzweifeln lassen." „Jetzt mach aber mal halblang!", sagte Fritz. „Du weißt genau, dass wir schon vor dem Krieg von unseren Auswanderungsplänen gesprochen haben, auch mit unseren Eltern. Sie wusste davon, auch wenn wir in den letzten Jahren nichts mehr gesagt haben. Außerdem weißt du doch, was der Arzt gesagt hat, er habe das kommen sehen nach den letzten Untersuchungen, und dass deine Mutter nichts von Medikamenten wissen wollte. Jetzt denk nicht mehr zu viel darüber nach, es hat keinen Zweck, sich unbegründete Vorwürfe zu machen."

Leni nickte, Fritz hatte ja Recht. Aber sie fühlte sich immer noch schlecht.

Ende April beantragten Leni und Fritz ihr Einreisevisum für die Einwanderung nach Kanada. Fritz hatte inzwischen über das Konsulat ein Angebot für eine Ranger-Anstellung in Calgary oder Vancouver bekommen. Er brauchte sich nur zu entscheiden, wo er hinwollte, und dann zuzusagen. „Was meinst du, Leni, wohin wollen wir? Schau, ich hab unseren großen Atlas herausgesucht, hier ist Kanada und da im Westen am Pazifik ist Vancouver. Hier in der Mitte ist Calgary. Wo möchtest du denn hin? Die Botschaft hat uns auch einen Reiseführer mitgeschickt und die Forstverwaltungen eine genaue Beschreibung ihrer Umgebung und des zukünftigen Arbeitsplatzes mit den Aufgaben." Fritz beugte sich tiefer über die Karte und den Text. Vor lauter Aufregung hatte er rote Wangen. Leni betrachtete ihn liebevoll. „Ich gehe mit dir überall hin, und du musst dir doch deine neue Arbeitsstelle aussuchen. Aber der Ozean, den wollte ich schon immer mal sehen. Da muss es toll sein." „Den Ozean wirst du noch zur Genüge sehen, wenn wir mit dem Schiff rüberfahren. Und mein Arbeitsplatz wird in den weiten Wäldern hinter den Städten liegen, da ist das Meer schon etwas weiter weg. Aber vielleicht können wir uns ja irgendwann ein Auto leisten, dann ist man schnell am Pazifik."

Beide gerieten ins Träumen über ihr zukünftiges Leben in Kanada und malten sich ihren Aufenthalt dort in bunten Farben aus. Bis Mitte Mai hatten sie alle Unterlagen zusammen und eingereicht. Fritz hatte sich für Vancouver entschieden. Jetzt brauchten sie nur noch zu warten – auf das neue Baby, die Visa und die Reiseunterlagen.

1954 – Mai

Vor zwei Monaten hatte Walter seinen Bruder Fritz bei einem sonntäglichen Familientreffen zur Seite genommen. „Du, ich habe gehört, ihr wollt jetzt doch auswandern, und ich habe gehört, dass ihr Geld gewonnen habt? Stimmt das denn?" Fritz war verblüfft. „Wer hat dir das denn gesagt?" „Ist es wahr oder nicht?" Sein Bruder konnte sehr hartnäckig sein, wenn er etwas wissen wollte. Das war schon immer so gewesen. Eigentlich musste es ihm ja ganz gut gehen, denn er hatte in den letzten Jahren ganz schön an Gewicht zugelegt. Obwohl es Walter wohl auch geschäftlich nicht schlecht ging, wartete Fritz immer noch auf den Rest seines Erbes. „Warum willst du das wissen?" fragte Fritz zurück.

„Weißt du, ich werde im nächsten Monat ein zweites Geschäft in Hofheim im Taunus aufmachen. Du weißt doch, Dora kommt aus der Ecke. Ich habe dort viele Kunden und die Wege wären dadurch viel kürzer. Dafür könnte ich etwas Überbrückungsgeld gebrauchen, die Banken brauchen immer so lange, bis sie alles überprüft haben und einen Kredit genehmigen. Es wäre nur für ein paar Wochen, die Anträge sind schon bei meiner Hausbank. Lange kann das nicht mehr dauern. Dann würde ich dir auch alles wieder zurückzahlen."

„Du willst also Geld von mir, wenn ich denn welches hätte?" fragte Fritz seinen Bruder.

„Hast du nun gewonnen oder nicht? Jetzt mal ehrlich!"

Fritz konnte nicht lügen, aber alles aufdecken wollte er auch nicht. „Ja, wir haben etwas in der Lotterie gewonnen, aber das brauchen wir auch, um in Kanada ein neues Leben aufzubauen."

„Bis ihr abfahrt, zahle ich euch das alles mit Zins und Zinseszins wieder zurück, versprochen!" Bei diesem Satz leuchteten die Augen von Walter in freudiger Erwartung.

„Nun, wenn du mir erst mal mein restliches Erbe auszahlen würdest, dann könnten wir über die Höhe sprechen, natürlich nur mit notariellem Vertrag wie beim letzten Mal." Als Fritz diesen Satz ausgesprochen hatte, wollte er sich selbst nicht glauben. Sein Bruder hatte ihn wieder rumgekriegt. Aber das mit dem notariellen Vertrag musste sein. Da würde er hart bleiben.

„Versprochen, morgen hast du den Rest des Geldes. Dann könnte ja noch diese Woche der

Vertrag aufgesetzt werden." Walter war richtig euphorisch. „Wann wollt ihr denn abfahren?"

„Wir haben das für Ende Juli / Anfang August geplant. Bis dahin haben wir alle Unterlagen, Pässe und Visa. Bis dahin muss das Geld aber wieder auf unserem Konto sein."

„Ich schwöre bei allem, was mir heilig ist, du hast das Geld spätestens dann wieder auf dem Konto!" Bei diesen Worten hob Walter drei Finger zum Schwur.

Der Vertrag wurde aufgesetzt und hinterlegt, wonach Walter mit seiner Firma und seinem Fuhrpark für das Geld bürgte. Allerdings bat Walter seinen Bruder, nichts davon seiner Frau zu sagen.

Natürlich hatte Fritz alles vorher mit Leni besprochen, aber Leni glaubte Walter nicht so ganz. Doch die Bedenken behielt sie für sich, schließlich war es der Bruder ihres Mannes und Fritz glaubte ihm. Allerdings hielt Leni ihren Schwager nicht unbedingt für ganz ehrlich, was seine Geschäfte anging. Sie hatte Gerüchte gehört, dass er nach dem Krieg mit Schwarzmarktgeschäften viel Geld verdient hätte und es genauso schnell wieder verspielt hätte. Wenigstens erzählte man sich das in Langen. Aber es waren eben nur Gerüchte und Leni wollte Fritz nicht beunruhigen.

1954 - Ende Mai

Magdalena hielt das weiße Kleid vor sich hin. Es war mit so vielen Erinnerungen verbunden. Die Kerb damals und der Tanz mit Fritz, ihre Verlobung, die Hochzeit. Kurz sah sie zu ihrem Fritz hinüber. Ob sie jemals wieder da hineinpassen würde? Sie sah an sich herunter auf ihren gewölbten Bauch. In einer Woche sollte es soweit sein. Sie war sich sicher, diesmal würde es ein Mädchen werden. Fritz sah ihr zu. „Soll ich das Kleid mitnehmen?" fragte Magdalena, „oder soll ich daraus etwas anderes schneidern. Der Stoff ist noch gut." „Nein, auf keinen Fall, mein Schatz. In diesem Kleid hast du so hinreißend ausgesehen zu unserer Verlobung damals. Bitte lass es so. In ein paar Wochen passt du bestimmt wieder hinein. Wenn nicht, vielleicht bekommen wir ja eine Tochter und dann wird sie es eines Tages einmal tragen." Fritz sah sie zärtlich an und strich über ihren Bauch. Magdalena legte das Kleid zusammen und packte es in den großen Koffer. In knapp zwei Monaten sollte es losgehen, ihr neues Leben in Kanada. Alle Papiere hatten sie schon bereit, das Visum und die Bestätigung der Schiffsüberfahrt waren da und brauchten nur noch mit dem neuen Erdenkind ergänzt zu werden. Sie waren aufgeregt wie Kinder am ersten Schultag. Auch ihr kleiner Sohn Johannes verstand schon, dass sie auf eine große Reise gehen würden und freute sich auf die neue Heimat.

1954 – Juni

Magdalena brachte am 25. Juni ein gesundes Mädchen zur Welt. Es war eine leichte Geburt, dauerte kaum drei Stunden, bis die Kleine da war, gesund und munter. Sie tauften sie eine Woche später auf den Namen „Sophie". Kurz nach der Geburt gaben sie die Daten des kleinen Mädchens an das Konsulat weiter und schon zwei Wochen später hielten sie ihre komplettierten Einreisevisa in den Händen. Die Arbeitsplatzzusage hatte Fritz auch schon. Die Schiffspassage war vorgebucht und musste nur noch entsprechend von ihnen bestätigt werden. Am 23. Juli sollte das Schiff von Bremerhaven aus ablegen. Einen Tag vorher würde Walter, der Bruder von Fritz, sie mit allem Gepäck auf seinem LKW nach Norden fahren.

1954 – Juli

Ein paar Tage vor der Abfahrt gaben Fritz und Magdalena für die restliche Familie und einige Freunde ein kleines Abschiedsfest mit Kaffee und Kuchen. Danach verabschiedeten sich alle. „Ja, wir schreiben euch, sowie wir in Kanada eingetroffen sind."

Fritz nahm seinen Bruder zur Seite. „Du hast hoch und heilig versprochen, uns das Geld bis zu unserer Abfahrt zurückzuzahlen. Bis heute ist es aber nicht auf unserem Konto eingegangen, noch kein einziger Pfennig. Übermorgen fahren wir ab. Wo ist es nun?"

„Aber was ich versprochen habe, das halte ich doch auch, Bruderherz. Hier, die Durchschrift der Überweisung. Siehst du, alles in Ordnung! Das Geld ist gestern von meiner Bank angewiesen worden. Es wird aber halt noch ein paar Tage dauern, bis es auf eurem Konto eingeht. So ein großer Betrag, das geht nicht von heute auf morgen. Aber ich halte doch mein Wort, vor allem dir gegenüber, das musst du mir glauben!" Walter schaute seinen Bruder trotzig an. „Ist ja gut, ich glaube dir." Fritz konnte seinem Bruder noch nie etwas abschlagen, und er glaubte ihm auch jetzt wieder.

„Am Montag bringe ich euch alle nach Bremerhaven zum Schiff. Ich komme, wie verabredet, mit dem LKW vorbei, da passt auch euer Gepäck drauf."

Am Montagmorgen stand Walter pünktlich mit dem LKW vor dem Tor. „Was wird jetzt eigentlich aus dem Haus?" fragte Walter seinen Bruder. „Das hat Leni an ihre Kusine verkauft. Das Geld davon haben wir in bar dabei, es wird uns in der ersten Zeit gut über die Runden helfen, bis wir uns etabliert haben." Sie winkten der versammelten Familie nochmal überglücklich und auch etwas wehmütig zu, dann ging es los.

„Hast du alle gut am Schiff abgeliefert?" fragte Dora ihren Mann abends, als er von seiner Fahrt am Dienstag wieder zurück war. „Ja, ich bin sogar geblieben, bis es endlich abfuhr. Du glaubst nicht, was da alles los war. Die vielen Menschen am Kai. Und alle haben gewinkt." „Wann kommen sie denn nun in Kanada an? Wie lange dauert die Fahrt?" Der kleine Alfred wollte auch alles wissen. So eine lange Reise konnte er sich gar nicht vorstellen. Er fragte seinem Vater Löcher in den Bauch, bis dieser abwinkte und meinte: „Jetzt warte doch erst mal ab! Dein Onkel Fritz schreibt dir bestimmt, sobald sie dort angekommen sind. Er hat es dir doch hoch und heilig versprochen." Es dauerte gar nicht lange, da hatten die Kinder das Ereignis vergessen.

Rosen über'm Grab

Teil II

1954 – Ende Juli

Seit gestern Abend waren sie nun mit dem Wagen unterwegs. Bis jetzt waren es warme Sommertage und laue Nächte gewesen. Der Fahrer John Geere blickte in den Rückspiegel. Der General hatte den Kopf zur Seite geneigt. Er schlief. „Weck mich, wenn wir da sind!", hatte er noch zu ihm gesagt. Seit einer Woche war er mit ihm unterwegs. Sozusagen auf Abschiedstour. Der General wollte endlich wieder nach Hause, nach Boston in Massachusetts, USA, zusammen mit seiner Frau, seiner geliebten Dorothy – seit 15 Jahren waren sie jetzt verheiratet. Damals hatte er sie bei der Hochzeit seiner jüngsten Schwester kennengelernt. Sie hatte gerade ihr Medizinstudium an der UMASS beendet und eine Assistenzarztstelle im Bostoner Krankenhaus angetreten. Er hatte sich sofort in sie verliebt, ihre lustig blitzenden Augen, ihre tizianroten Locken, ihre schlanke Figur, die Funken, die zwischen ihnen unsichtbar blitzten, wenn sie sich berührten, all das und noch vieles mehr hatten ihm damals viele schlaflose Nächte bereitet, bis er sie 6 Monate später um ihre Hand bat. Sie liebten sich auch nach 15 Jahren noch wie am ersten Tag. Das Einzige, was ihre Zweisamkeit in den ersten Jahren etwas getrübt hatte war die Tatsache, dass sie keine Kinder bekamen. Aber dann war der Krieg gekommen und jeder von ihnen hatte seinen Platz gefunden. Zusammen waren sie 1945 nach Deutschland gegangen, Dorothy arbeitete als Ärztin im Military-

Hospital in Frankfurt-Preungesheim, er war zuerst auch in Frankfurt stationiert, dann nach Augsburg und anschließend nach München ins Hauptquartier abkommandiert worden. Doch jetzt nach neun Jahren hatten sie beide das Gefühl, dass es endlich an der Zeit war, nach Hause in die USA zurückzukehren.

In München hatte General Walker mit seiner Frau und einigen Offizieren in der berühmten Bongo-Bar am Platzl seinen Abschied gefeiert. Danach war seine Frau alleine mit dem Zug nach Frankfurt zurück gefahren, wo sie immer noch im Militär-Hospital als Ärztin arbeitete, während ihr Mann, der General, noch verschiedene Stützpunkte besuchen musste, bevor sie endlich nach Hause fliegen konnten.

Der Sommer hatte sich auf der Rundreise des Generals von seiner schönsten Seite gezeigt. Trotzdem war er froh, als er seine Runde abschließen konnte und die Heimreise in greifbare Nähe rückte.

Jetzt kam er mit seinem Fahrer John Geere von Heidelberg. Die letzte Besprechung hatte lange gedauert und es war gestern Abend sehr spät geworden, aber der General wollte trotzdem nicht in Heidelberg übernachten, er hatte einfach Sehnsucht nach seiner Frau und so waren sie nun auf dem Weg nach Frankfurt. Leider musste der Wagen noch vor Darmstadt die Autobahn verlassen, sie war aus nicht ersichtlichen Gründen komplett gesperrt. So hatte der Fahrer sich einen Umweg durch den Odenwald gesucht. Gerade hatte er einen Ort namens Offenthal passiert und wollte in Richtung Langen weiterfahren. Als der Himmel sich langsam erhellte, wachte der General auf. „Wo sind wir?" „Kurz vor Langen, hinter Darmstadt war eine Umleitung, aber wir sind bald wieder auf Kurs, General."

Der General sah sich um. „Wir sollten eine Pause einlegen. Hier war ich doch schon mal vor ein paar Jahren, die Gegend kommt mir bekannt vor. Fahren Sie doch bitte dort vorne nach rechts ab, John, da gibt es einen kleinen idyllischen Ort mit einer Burgruine. Das ist ein guter Platz für einen Kaffee und eine Zigarette."

Der Fahrer bog ab und hatte kurz darauf einen Ort mit dem Namen Dreieichenhain erreicht. Er fuhr nach Weisung des Generals geradeaus durch den Ort, und als die Burgruine vor ihnen auftauchte, hielt er kurz hinter dem Untertor an. Links vor der Ruine lag ein Weiher. Der Morgendunst war noch nicht ganz verschwunden. Der General stieg aus, ging zur Mauer vor dem Weiher und streckte und dehnte seine langen Glieder. Er war schlank, groß gewachsen und hatte sich, obwohl er auf die 50 zuging, eine athletische Figur bewahrt. Seine dunklen Haare wurden inzwischen von einigen grauen Strähnen durchzogen.

Seine grauen Augen musterten aufmerksam die Umgebung. Langsam dämmerte der Tag, aber noch war alles ruhig. Tief zog er die frische Morgenluft ein, dann holte er seine Malboroughs aus seiner Brusttasche, zündete sich langsam eine Zigarette an und lehnte sich entspannt an die Mauer.

In spätestens einer Stunde würde er seine Frau wiedersehen, darauf freute er sich wie ein Schneekönig. Weil er sie überraschen wollte, hatte er ihr nicht Bescheid gegeben über seinen genauen Ankunftstermin. Zu diesem Zeitpunkt ahnte er allerdings auch noch nicht, welche große Überraschung er seiner Frau wirklich bereiten würde.

Sein Fahrer reichte ihm einen Becher mit köstlich duftendem heißem Kaffee, den er vor der Abreise aus Heidelberg in einer Thermoskanne abgefüllt hatte. Genüsslich schlürfte der General das heiße Getränk. Ja, es ging doch nichts über einen guten Kaffee und eine Zigarette am Morgen. Er lauschte den Geräuschen des herannahenden Tages. Die Vögel zwitscherten in der Morgenluft, das Dorfleben erwachte, die Tiere auf den Bauernhöfen begrüßten den neuen Tag. Da erregte ein fremdes Geräusch seine Neugier. Er rief seinen Fahrer. „Hören Sie das auch, John? Hier wimmert doch eine Katze oder etwas Ähnliches. Wo kommt das denn her?" Sein Fahrer spitzte die Ohren. „Das kommt aus dem Wasser, da, wo das Schilf am dichtesten ist." Beide beugten sich über die Mauer, gingen weiter zur Ecke, an der die Mauer aufhörte, konnten aber nichts sehen. „Das kommt wirklich aus dem Schilf. Das klingt aber eher wie….", der General brach ab, er wollte es nicht glauben. „Wie ein Baby! General!", ergänzte sein Fahrer. „Sir, ich versuche einmal, ob ich da rein kann, vielleicht ist das Wasser ja nicht so tief." Schon hatte er seine Schuhe ausgezogen und die Hose hochgekrempelt, dann glitt er in das trübe

Wasser des Weihers. Er versank bis zu den Knien im Wasser. „Es ist nicht tief, General!", rief er dem General zu. Dann arbeitete er sich dem Geräusch nach in das Schilf. Schon kurze Zeit später kam der Ruf: „Ich hab was, aber das werden Sie nicht glauben, General." Als er zurückkam, trug er auf seinen Armen ein kleines Weidenkörbchen, aus dem ein kurzes Wimmern ertönte. Der General beugte sich zu ihm hinunter und nahm das Körbchen entgegen. Als er hineinblickte, sah er in zwei strahlend blaue Babyaugen, die ihn erwartungsvoll anblickten. „Ja, was haben wir denn da? Das gibt es doch nicht. Wer bist denn du? Und wie kommst du hierher?" Das Baby schmollte den General mit vorgeschobener zitternder Unterlippe an, Tränen standen dem kleinen Wesen noch in den hoffnungsvoll blickenden Augen. Damit hatte es sofort sein Herz erobert. Der General war ihm auf der Stelle rettungslos verfallen. Inzwischen war der Fahrer wieder auf die Straße zurück geklettert, hatte seine Hosenbeine heruntergelassen und die Schuhe angezogen. Fragend sah er den General an. „Was machen wir jetzt?" „Wir müssen sofort damit zu meiner Frau." Der Fahrer nickte verständnisvoll und zusammen gingen sie zum Wagen zurück. Er wusste, dass die Frau des Generals im Armee-Krankenhaus in Frankfurt als Ärztin arbeitete.

Der General stellte das Weidenkörbchen auf den Rücksitz und setzte sich daneben, immer im Augenkontakt mit dem Baby. Es musste entsetzlich frieren. Es hatte zwar eine winzig kleine gestrickte Jacke an und ein Mützchen auf, darunter ein

Unterhemdchen, wie er nach einer kurzen Inspektion entdeckt hatte, und es war in eine Moltondecke gewickelt. Aber da das Kissen im Weidenkorb sehr feucht aussah, musste auch die Kleidung des Babys nass sein. Da es keine trockenen Windeln und Bekleidung bekam und auch nichts zu trinken, fing das Baby wieder an zu schreien. Hilflos sah der General es an. „Was soll ich nur tun? Was hat es bloß?", fragte er laut. „Nun, General, ich denke, das Kleine hat Hunger und ist etwas unterkühlt. Wir sollten ihm die nassen Sachen ausziehen, es in etwas Warmes wickeln, wenigstens können wir es so vielleicht wieder anwärmen. Warten Sie, ich zieh mein Hemd aus."

„Nein, nein", wehrte der General ab, „ich hab doch mein Gepäck dabei, da wird sich schon etwas Passendes finden." John Geere nickte, ging sofort zum Kofferraum und kam kurz darauf mit einem Arm voll Unterwäsche und einer Decke zurück. Der General schluckte. Er hatte ja schon vieles in seinem Leben erlebt, aber noch nie hatte er so etwas Winziges angefasst und nun sollte er es auch noch ausziehen und einwickeln. Wenn es ihm dabei zerbrach? Es war doch noch ganz klein, nur eine Handvoll Leben. Zugegebenermaßen eine sehr lebhafte Handvoll. Aber da John Geere bereits wieder am Steuer saß und losfuhr, blieb ihm nichts anderes übrig und so machte er sich auf dem Rücksitz vorsichtig ans Werk. Die Windeln waren voll und nass und die kleine Decke, in die das Baby gewickelt war, auch. Behutsam zog er es aus, säuberte es vorsichtig mit einem seiner

Taschentücher, das er zusammen mit den schmutzigen Windeln und der nassen Decke achtlos auf den Boden fallen ließ. Dann wickelte er es von oben bis unten in mehrere seiner Unterhemden ein und zog eine Unterhose über das von ihm so kunstvoll gepackte Paket. Danach schlang er die saubere warme Decke aus seinem Koffer noch drum herum und nahm das Kleine in die Arme, sprach mit ihm im Flüsterton und das Baby, ein Mädchen, wie er beim Auspacken festgestellt hatte, beruhigte sich langsam und schlief dann völlig erschöpft und an seinem kleinen Finger nuckelnd, ein. Er wiegte es sacht und vorsichtig in seinen Armen und hoffte nur, dass sie bald in Frankfurt bei seiner Frau ankamen. Sie würde genau wissen, was zu tun sei. Schließlich war sie eine Frau und Ärztin noch dazu. Sein Fahrer chauffierte die kostbare Fracht behutsam, doch zügig zum Hospital.

Als sie dort ankamen, kletterte der General vorsichtig aus dem Auto und stürmte dann mit dem Baby im Arm sofort hinein. Am Empfang fragte er die nächste Schwester nach seiner Frau. Oben auf ihrer Station kam sie ihm schon entgegen. Sie war eine große, schlanke Frau mit tiefroten lockigen Haaren, die sie schulterkurz trug. Sie strahlte ihn mit großen braunen Augen an, doch dann fiel ihr Blick fragend auf das Bündel in seinen Armen. „Was bringst du mir da denn mit? Lass mal sehen!" Mit einem Finger bog sie vorsichtig die Decke zur Seite. „Oh, ein kleines Baby. Woher, wieso, warum?" Im Moment sprachlos streckte der General seine Arme aus und übergab seiner Frau vorsichtig seine Last. Sofort war ihr Mann überflüssig. Sie beugte sich über das Kleine und flüsterte ihm zu: „Nun, wo kommst du denn her? Und was hast du denn da an?" Das Baby schlug die Augen auf und sah sie groß an. Ja, und da erging es ihr genauso wie ihrem Mann. Auch sie war diesen großen blauen Augen auf den ersten Blick verfallen. „Da wollen wir dir doch erst mal was Richtiges anziehen und dich füttern. Ich glaube, du hast Hunger, oder? Alles andere hat Zeit und kann warten."

Schon war sie mit ihrem Bündel hinter einer Tür verschwunden, ohne ihren Mann weiter zu beachten, und der General wusste nicht, ob er ihr folgen sollte oder nicht. Vorerst blieb er auf einem Stuhl im Gang sitzen. Erst jetzt wurde ihm die ganze Tragweite dieser Angelegenheit bewusst und zum ersten Mal seit zwei Stunden konnte er wieder logisch denken. Er staunte nur – ein Findelkind! Von ihm gefunden! Wo waren seine Eltern? Die Behörden mussten informiert werden, vielleicht sogar die Polizei. Jetzt war es gerade mal 8 Uhr am Vormittag, also konnte er noch heute alles erledigen. Aber vor allen anderen Dingen musste er erst einmal wissen, was seine Frau dazu sagte. Er wartete.

Eine Stunde später kam sie alleine aus der Tür und setzte sich neben ihren Mann. „Nun, das kleine Mädchen ist gesund und putzmunter. Es ist gebadet, gewickelt, ordentlich bekleidet und gefüttert worden und schläft jetzt. Also haben wir nun Zeit, dass du mir alles erzählst, was passiert ist, mit allen Details. Diese kunstvolle Verpackung!" Sie schmunzelte, als sie an die vielen einzelnen Lagen Unterwäsche dachte, in die ihr Mann die Kleine wohl gepackt hatte.

Es dauerte über eine Stunde, bis er alles haarklein erzählt und erklärt hatte. „Und was machen wir jetzt?" fragte er seine Frau. Die sah ihn groß an. „Das, was du dir auch schon denken konntest. Die deutschen Behörden müssen informiert werden. Unsere natürlich auch. Den Weidenkorb und die Kleidungsstücke, soweit sie sauber sind, nimmst Du mit. Außerdem werde ich für die Behörden auch eine Bestätigung des Krankenhauses ausstellen lassen mit einem Foto des Babys. Das Baby bleibt erst mal in unserer Obhut hier im Krankenhaus, schon allein medizinisch gesehen braucht es noch ein paar Tage Betreuung. Inzwischen müssen wir uns um die Formalitäten kümmern. Irgendjemand muss doch einen Säugling vermissen. Da sind jetzt die Behörden bzw. die Polizei gefragt, dann sehen wir weiter. Falls es sich um ein Findelkind handelt, das von keinem vermisst wird und keiner es aufnehmen will, also bevor es in ein Heim kommt, dann könnten wir ja …." Sie sprach den Satz nicht zu Ende, aber ihr Ehemann wusste auch so, was sie meinte. „Nein, auf gar keinen Fall in ein Heim. Da könnten wir beide es ja auch adoptieren, meinst du nicht?" Geradezu ängstlich bettelnd schaute er sie an, nahm ihre Hände auf und drückte sie. Sie nickte nur. „Du machst dich jetzt besser auf den Weg, mit John, er wird bestimmt als Zeuge gebraucht und danach kommst du wieder hierher. Dann sprechen wir weiter, ok?" Er nickte, stand auf, gab ihr einen Kuss und ging hinaus.

Die beiden Herren fuhren zu den entsprechenden Behörden, zuerst zu den amerikanischen in Frankfurt, dann zu den deutschen in Offenbach. Dort wurde alles aufgenommen. Der deutsche Beamte suchte in den Akten, aber er fand keine Vermisstenmeldung. Allerdings waren etliche Meldungen über verschwundene Flüchtlingsfamilien in den letzten beiden Jahren 1953 und 1954 eingegangen, die aber höchstwahrscheinlich alle wieder in den Osten gezogen waren, bei Nacht und Nebel. Niemand konnte darüber Meldung machen, wo genau diese Familien abgeblieben waren. Aber ein kleines Kind, ein fast neugeborenes Baby, wurde nicht vermisst. Das Findlingskind durfte vorerst in der Klinik bleiben bis die amtlichen Nachforschungen abgeschlossen waren. Der General musste einige Formulare unterschreiben, dann fuhr er zurück zu seiner Frau.

Beide beschlossen, solange in Deutschland zu bleiben, bis fest stand, was aus dem Mädchen werden sollte, oder besser gesagt, wie die Behörden entscheiden würden, wenn keine Verwandten gefunden wurden. Jeden zweiten Tag fragten sie bei der Behörde nach. Dort hatten sie auch beide klar und deutlich ihren Wunsch geäußert, das kleine Mädchen adoptieren zu wollen, falls seine Familie nicht gefunden würde. Das dauerte eine Zeitlang, der Fall ging durch die Zeitungen, aber die Polizei hatte keinen Erfolg mit ihren Nachforschungen, nirgendwo war ein Baby als vermisst gemeldet. Die Suche wurde beendet und General Walker und seine Frau bekamen nach 4 Wochen die Erlaubnis zur

Adoption. Inzwischen hatten sie das Baby so in ihr Herz geschlossen, dass sie umgehend alle Formalitäten erledigten und mit dem nächsten Flugzeug in die Staaten flogen. In den entsprechenden, neu ausgestellten Papieren hatten sie das kleine Mädchen Gloria getauft.

General Walker und seine Frau waren in Massachusetts zu Hause, genauer gesagt, in Williamsburg, einem kleinen Vorort von Boston. Dort hatten sie sich schon kurz nach ihrer Hochzeit ein kleines Häuschen gekauft. Nach ihrer Ankunft aus Deutschland beauftragten sie einen Architekten, das Haus familiengerecht umzubauen. Ein Kinderzimmer wurde ausgebaut, die restlichen Zimmer renoviert, die Küche auf den neuesten technischen Stand gebracht, im Wohnzimmer hatte sich Dorothy schon immer einen Kamin gewünscht, überall im Haus wurde gewerkelt, gestrichen und gezimmert. Nach vier Wochen war aus dem Haus ein richtiges Schmuckstück geworden, mit vanillegelbem Anstrich von außen, die Fensterläden weiß lackiert. Der Garten war umgegraben und neu bepflanzt worden. Überall grünte und blühte es. Am letzten Arbeitstag brachten die Handwerker eine Schaukel, eine Rutsche und einen Sandkasten mit und stellten diese Spielgeräte in einer Ecke des Gartens auf. „Aber Bob", meinte Dorothy, „Gloria ist doch noch viel zu klein für diese Spielgeräte!" „Aber sie wächst doch so schnell, das passt schon bald", meinte ihr Mann nur dazu.

Im Kinderzimmer stand eine Wiege und Dorothy und ihr Ehemann Robert waren ganz vernarrt in die kleine Gloria. Der General kam fast jeden Tag mit einem neuen Spielzeug für Gloria nach Hause, bis Dorothy ihm bedeutete, dass das Haus nur eine begrenzte Aufnahmekapazität hätte. Allerdings stahl sich dabei ein Lächeln in ihre Augen. Er nahm seine Frau in den Arm, küsste sie zärtlich und versprach hoch und heilig, dass er sich zurückhalten werde. Wenigstens für die nächste Zeit.

1954 – Oktober / Dezember

Als der kleine Alfred Anfang Oktober von der Langener Grundschule nach Hause kam, zeigte ihm sein Vater Walter eine bunte Postkarte. „Schau mal, dein Onkel Fritz hat geschrieben." Dann las er ihm die Karte vor: „Wir sind gut in Kanada angekommen. Ich habe meine Arbeit als Förster in Vancouver aufgenommen und wir sind gerade in ein schönes kleines Haus eingezogen. Die Leute sind sehr freundlich, wir alle lernen ganz schnell Englisch und können uns schon gut mit den Nachbarn unterhalten. Wir melden uns bald wieder. Viele Grüße von Leni, Fritz, Johannes und Sophie."

„Na, was hab ich Dir gesagt, er schreibt uns. Du wirst sehen, wir werden noch oft Post von Deinem Onkel Fritz bekommen."

Dabei sah er seine Frau an, die gerade das Essen auf den Tisch stellte. Der kleine Alfred betrachtete inzwischen die bunten Bilder auf der Postkarte. Darauf waren ein paar Häuser zu sehen und er konnte die Buchstaben „Vancouver" entziffern. „Darf ich die Karte behalten?" fragte er seinen Vater. „Aber sicher, mein Sohn."

Kurz vor Weihnachten kam ein Brief von Fritz aus Kanada bei seinem Bruder Walter an. Er beschrieb darin ausführlich die neue Umgebung, wie sie sich in der neuen Heimat fühlten, dass ihr Sohn Johannes bereits zur Vorschule ging und die kleine Sophie sich prächtig entwickelte. Es gab dort sogar einen

Kindergarten, wo sie in einem Jahr aufgenommen werden konnte. Er äußerte sich ganz enthusiastisch über seinen Beruf als Ranger in der unendlichen Weite von Kanada. Dann beschrieb er noch das Haus, in dem sie wohnten, und dass sie zu Weihnachten einen Baum direkt im Wald schlagen konnten. Er wünschte allen ein frohes Weihnachtsfest und bat sie, sich doch auch mal zu melden. Die Adresse schrieb er am Ende des Briefes nochmal auf. Allerdings sah der Brief aus, als sei er unterwegs nass geworden, denn die Tinte war an einigen Stellen verschmiert und unleserlich.

Auch die Kusine von Magdalena, die ihr das Haus abgekauft hatte, bekam eine Karte zu Weihnachten. Voll Begeisterung betrachtete sie den Weihnachtsmann auf der Vorderseite mit den Rentieren und dem Schlitten, und sie las den Text auf der Rückseite: „Merry Christmas" stand dort und „einen guten Rutsch ins Neue Jahr", darunter die Unterschrift von Magdalena. Ihre Tochter bewunderte die bunten Bilder und die tolle Briefmarke auf der Rückseite. Die Karte bekam einen Ehrenplatz am Küchenschrank.

Nach den Feiertagen schrieb Dora eine Karte nach Kanada an die angegebene Adresse, mit vielen guten Wünschen für das neue Jahr. Eine Antwort erreichte die Familie in Langen aber nicht mehr, außerdem wurde das Leben bald darauf ziemlich aufregend für alle, sodass sie gar keine Gedanken mehr an die Auswanderer verschwendeten.

1955

Dora war außer sich. „Wie können Sie es wagen, meinem Mann so etwas vorzuwerfen. Er hat doch gar nichts getan. Das ist eine Unverschämtheit. Wie einen Kriminellen behandeln sie ihn."

„Er ist ein Krimineller. Er hat nach unseren Recherchen während der letzten Jahre ein Vermögen durch Schwarzmarkt-Geschäfte verdient. Außerdem hat er seine Geschäftspartner mit nicht gedeckten Wechseln betrogen. Haben Sie denn gar nichts gemerkt? Immerhin sind Sie seine Ehefrau und haben doch wohl auch von dem Geld profitiert."

„ Das ist nicht wahr." Dora kamen die Tränen. Nichts hatte sie von dem vielen angeblichen Geld gesehen. Den Pfennig hatte sie für die Familie umgedreht. In den letzten armseligen Klamotten war sie rumgelaufen, hatte das Wenige, das ihr Mann ihr zuteilte, den Kindern zukommen lassen. Aber wie sollte sie das diesem Kommissar glaubhaft machen?

„Ihr Mann hat außerdem eine Geliebte unterhalten und war regelmäßig Gast in der Spielbank in Bad Homburg. Allerdings hat er dort, wie es aussieht, sein Vermögen wieder verloren. Das sind Tatsachen, die durch Fakten, Unterlagen und Zeugenaussagen belegt sind. Und jetzt sollten Sie sich gut überlegen, was Sie sagen, sonst müssen wir Sie als Mitwisserin mitnehmen."

Dora schluckte. Was blieb ihr jetzt noch? Ihr Mann verhaftet worden. Die Firma stand vor dem Bankrott, die Bank hatte schon ihren Anspruch darauf und auf das Haus angemeldet. Das Elternhaus ihres Mannes sollte versteigert werden. Wenn das ihre Schwiegereltern wüssten, sie würden sich im Grab rumdrehen. Zum Monatsende mussten sie alle ausziehen. Geld war auch keines mehr auf dem Konto. Sie hatte nur noch das Wenige in ihrem Portemonnaie und das Sparschwein der Jungs. Als sie abends alleine in ihrer Küche saß, überlegte sie lange. Dann beschloss sie, in den nächsten Tagen alles zusammenzupacken und mit ihren beiden Söhnen in ihr Elternhaus im Taunus zu ziehen. Das hatte Dora vor kurzem, nach dem Tod ihrer Eltern, geerbt und es war nur auf ihren Namen überschrieben worden. Es gehörte ihr ganz alleine, es war zwar sehr klein, im Vergleich zu dem Elternhaus ihres Mannes, aber immerhin hätten sie dann ein Dach über dem Kopf. Sie könnte vielleicht ja Putzen gehen, obwohl es ihr mehr als peinlich war, wo sie doch in dem kleinen Dorf jeder kannte. Außerdem wollte sie sofort die Scheidung einreichen.

So verschwand Dora fast unbemerkt mit ihren beiden Söhnen aus Langen. Sie reichte sofort die Scheidung ein. Ihr Mann wurde zu fünf Jahren Gefängnis verurteilt. Kein Wort der Entschuldigung hatte sie von ihm gehört. Seine Handlungsweise hatte seine Frau so tief verletzt, dass sie nicht zu der Gerichtsverhandlung gegangen war und sich auch danach nicht mehr bei ihm im Gefängnis meldete.

Sie hatte nirgendwo eine Adresse hinterlassen und hoffte, dass ihr Mann sie nicht finden würde, sollte er irgendwann wieder auf freien Fuß kommen.

1965

Bald nach seiner Rückkehr in die Staaten verließ General Walker den aktiven Dienst und arbeitete als Berater weiter. Seine Frau Dorothy kümmerte sich liebevoll um das kleine Mädchen, das sie kurz nach ihrer Rückkehr aus Deutschland auf den Namen Gloria getauft hatten. Als Gloria in die Schule kam, arbeitete Dorothy wieder als Ärztin in einem Krankenhaus.

„Gloria, bitte, komm endlich runter, wir müssen los. Es ist schließlich dein erster Tag im College. Da willst du doch nicht zu spät kommen, oder?" Dorothy stand unten an der Treppe und wartete auf ihre Tochter. „Ich komm ja schon, Mom." Und da stand sie oben an der Treppe in einem neuen Kleid, das Dorothy noch nie an ihr gesehen hatte. „Wo hast du das denn her?", fragte sie neugierig. „Das sieht ja toll aus, mein Schatz!"

„Prima, wenn es dir gefällt. Das habe ich in der vergangenen Woche selbst genäht." Dabei hüpfte sie die Treppe hinunter, ihre langen Haare hatte sie über den Ohren zu zwei Zöpfen gebunden, die mithüpften. „Meinst du, Dad gefällt es auch? Kommt er mit zum College?" Gemeinsam gingen sie zum Auto. „Dein Dad kommt direkt zur Schule, diesen Tag will er doch auf keinen Fall versäumen." Hin und wieder gab es Dorothy schon einen kleinen Stich, wenn sie merkte, wie eng Gloria und ihr Dad verbunden waren. Vom ersten Augenblick an, als sie sich das erste Mal in die Augen gesehen hatten.

„Du, Mom, wenn ich mit dem College fertig bin, will ich unbedingt auf eine Modefachschule. Ich möchte Kleider selbst entwerfen und nähen können. Was meinst Du, gibt es hier in Boston so eine Schule? Kann ich bald eine Nähmaschine bekommen? Kannst Du mal nachfragen? Bitte, Mom, das macht so großen Spaß."

Gloria bombardierte ihre Mutter mit Fragen. Dorothy überlegte: „Wenn es Dir nach Beendigung des College immer noch Ernst damit ist, dann darfst Du selbstverständlich auf eine Modefachschule gehen. Wie wäre es, wenn Du Dir zu Deinem Geburtstag eine Nähmaschine wünschst?"

„Das ist eine tolle Idee, das mach ich. Danke, Mom." Zufrieden lächelnd lehnte Gloria sich in ihrem Sitz zurück, die Kleider selbst entwerfen, zuschneiden, nähen, das fand sie toll.

Ihre Freundinnen hatten sie auf die Idee gebracht, nachdem ihre Mutter sich geweigert hatte, ihr ein sündhaft teures Designerkleid zu kaufen, das ihr im Schaufenster einer Modeboutique so gut gefallen hatte. „Dann näh dir doch selbst deine Kleider!", hatten sie zu ihr gesagt. Genau das hatte sie jetzt versucht. Nach vielen danebengegangenen Versuchen hatte Gloria endlich ein Kleid nach ihrem Entwurf genäht. Es war mit ein klein bisschen Hilfe ihrer Lehrerin ganz gut gelungen. Da auch ihre Freundinnen ein genauso schönes Kleidungsstück haben wollten, hatten sie sich alle zusammengesetzt, um gemeinsam ihre Ideen aufzuzeichnen. Die Entwürfe sahen zwar nicht schlecht aus, nur mit der Umsetzung hatte es dann doch nicht so gut geklappt. Es war gar nicht so einfach, ohne spezielle Kenntnisse einen Schnitt für ein Kleid zu entwerfen, vor allem, wenn es so kompliziert aussah, wie die Kleider in den Schaufenstern der Modeboutiquen. Deshalb kam Gloria auf die Idee mit der Modefachschule, damit sie auch Schnitte richtig fachmännisch erstellen konnte. In vier Jahren, nach dem College, würde sie ihre Pläne in die Tat umsetzen, was auch immer dafür nötig war. Da war sie sich ganz sicher.

1968

Der Weiher in Dreieichenhain unterhalb der Burg sollte endlich ausgebaggert und neu angelegt, die Straße rundherum verbreitert und ausgebaut werden. Es hatte lange gedauert, bis die Stadtverwaltung sich dazu entschließen konnte, zu viel Gegenwind aus der Bevölkerung gab es zu überwinden. Aber jetzt waren endlich die Bagger und LKW angerollt und es ging los. Das Wasser wurde abgelassen, die Fische herausgefischt und das Gestrüpp und einige Bäume am Rand entfernt. Die Mauer vom Untertor aus wurde abgerissen, zwar unter großem Protest der Bevölkerung, aber die Planung stand. Schließlich brauchte man Platz für die Neuanlage.

Dann fing die unangenehmste Arbeit an. Schaufel für Schaufel voller Matsch wurde auf die LKWs geladen und abgefahren. Der Schlamm war tief, schließlich wurde diese Arbeit zum ersten Mal erledigt. Als ungefähr die Hälfte des Schlamms abtransportiert war und der Bagger in der Mitte des Weihers stand, geschah etwas sehr Ungewöhnliches, noch nie Dagewesenes. Der Baggerfahrer hatte gerade am Morgen mit seiner Arbeit begonnen, fuhr tief mit der Schaufel in den Schlamm, holte die Schaufel hoch und wollte sie auf den LKW laden. Da ertönte ein lauter Schrei. Erschrocken hielt er an und schaute aus dem Fenster. Sein Kollege hatte den Schrei ausgestoßen und deutete jetzt auf die Schaufel. Ungläubig schaute auch der Baggerfahrer dorthin und riss verblüfft die Augen auf. An seiner Schaufel baumelte - ein Skelett. Auf der anderen Seite der Burgmauer war der Pfarrer gerade dabei, die Kirche aufzuschließen, als ihn ein lauter Schrei zur Burgmauer lockte. Auch er schrie erschrocken auf, als er die Bescherung sah. Um Gottes Himmels Willen, war das ein makabrer Scherz der Einheimischen, um die Arbeiten zu behindern? Oder war das echt? Der Baggerfahrer war aus seinem Gerät gestiegen, der LKW-Fahrer stand neben ihm und beide schauten ungläubig nach oben. Was jetzt? Der Pfarrer war inzwischen zum Weiher gelaufen und rief den beiden zu: „Ich rufe am besten die Polizei. Die wird sich darum kümmern. Lassen Sie alles so stehen und liegen." Dann rannte er zum Pfarrhaus und rief die Polizei in Sprendlingen an. Zuerst wollte man ihm dort nicht glauben, aber dann erklärten sie sich doch bereit, so schnell es ging zu kommen. Bevor sie auflegten, konnte er ihnen gerade noch zurufen, dass sie die Gummistiefel nicht vergessen sollten.

Inzwischen hatte sich das Skelett in seine Einzelteile zerlegt und war von der Schaufel abgefallen. Jetzt lagen die einzelnen Knochen im Matsch des Weihers und warteten darauf, dass jemand sie herausholte und untersuchte. Nur ein Schulterblatt mit Oberarmknochen hatte sich noch in den Zähnen der Baggerschaufel verkeilt.

Eine halbe Stunde später kam mit lautem Tatü-Tata ein Polizeiwagen angesaust, dem zwei Polizisten entstiegen. Staunend begutachteten sie das Skelettteil, das immer noch an der Schaufel des

Baggers baumelte. Dann griff der eine Polizist zum Funkgerät, rief seine Kollegen an und bat um Rat und Hilfe. Er hörte einen Moment zu, dann legte er auf und ging wieder zurück zu seinem Kollegen. „So, die Kripo wird anrücken, zusammen mit der Spurensicherung. Bitte lassen Sie alles so stehen und liegen, kommen Sie da raus. Heute werden Sie nicht mehr weiter arbeiten." Dabei winkte er den beiden Arbeitern unten im Weiher zu. Diese zuckten mit den Schultern und setzten sich in Bewegung. Kurz danach standen sie neben den Polizisten. „Wir müssen unserem Chef Bescheid sagen. Wann können wir denn weitermachen?"

„Das kann ich Ihnen auch nicht sagen, das wird die Spurensicherung entscheiden. Warten wir es ab. Jetzt müssen wir erst mal den ganzen Weiher rundum absichern." Er öffnete den Kofferraum und holte ein Band heraus, begutachtete es als zu kurz, legte es wieder zurück. „Wir brauchen noch Unterstützung. Ich ruf nochmal die Kollegen an." Am Funkgerät erklärte er das Problem. Nach dem Auflegen wandte er sich an die beiden Arbeiter und die umstehenden neugierigen Passanten: „Die Kollegen kommen mit dem zweiten Wagen und helfen bei der Absperrung. Bis dahin darf niemand in den Weiher. Das könnte ein Tatort sein!" Die beiden Arbeiter wandten sich an den Pfarrer und fragten, ob sie von seinem Telefon aus ihren Chef anrufen dürften. Er nickte und ging mit einem von ihnen zum Pfarrhaus.

Kurze Zeit später rückten die Kripo und die Spurensicherung an. Die Einzelteile des Skeletts wurden vorsichtig auf eine Plastikplane gelegt, dann fing die Untersuchung der Fundstelle an, besser gesagt die Grabungen. Die Ermittler arbeiteten sich Schicht für Schicht durch den Matsch, in größerem Umfeld der Fundstelle und immer tiefer. Dabei kamen zwei Betonplatten zum Vorschein, darunter noch einige Knochen. Die bereits auf den LKW geladene Erde wurde Schaufel für Schaufel wieder abgeladen und untersucht, auch hier gab es einige einzelne Knochen. Dann musste der ganze bereits abgeräumte Schlamm untersucht werden, der bereits auf einer Deponie außerhalb gelagert worden war. Auch hier fand man Knochen. Weitere Knochen wurden nach einem über mehrere Tage dauernden Suchprozess im Schilf vor dem Abfluss des Weihers in den Hengstbach gefunden. Die Funde kamen in die Gerichtsmedizin nach Offenbach. Aber dort gab es nicht die notwendigen Geräte, um festzustellen, wie lange die Knochen schon im Weiher lagen, also wurde bei den Kollegen in Frankfurt um Amtshilfe gebeten.

Die zuständige Forensik dort konnte nach verschiedenen Untersuchungen feststellen, dass die Knochen ungefähr 10 bis 15 Jahre alt sein mussten. Allerdings mochte sich der untersuchende Forensiker nicht auf eine genaue Jahreszahl festlegen. Außerdem handelte es sich dabei um die Knochen von verschiedenen Personen, höchstwahrscheinlich zwei Erwachsenen und einem Kind. Die genaue Todesursache konnte nach so langer Zeit nicht mehr festgestellt werden. Äußerliche Verletzungen waren an den Knochen nicht zu erkennen.

Nach drei Wochen durften die Arbeiten am Weiher wieder aufgenommen werden. Die Gerüchteküche in Dreieichenhain brodelte. Die Kriminalpolizei nahm die Ermittlungen auf. Aber außer, dass im Jahre 1954 eine Flüchtlingsfamilie spurlos verschwunden und höchstwahrscheinlich wieder in den Osten, wo sie herkamen, zurückgekehrt war, konnte niemand etwas Konkretes zu der Aufklärung beitragen. Unter den Befragten waren etliche Personen, zumeist schon ältere, die sich erinnern konnten, dass es da auch noch ein Findelkind gegeben habe, das aber keiner vermisst habe, bestimmt würde es zu diesen Toten gehören. Das waren garantiert die Russen, meinte ein Anderer, die hätten bestimmt die Geflohenen aufgespürt und umgebracht. Aber keiner hatte was Brauchbares und Nachweisbares gesehen oder gehört in jener Zeit. Die Kriminalbeamten schrieben ihre Berichte. Eine konkrete Spur aber gab es nicht.

Andere Vermisstenmeldungen aus den 50er Jahren gab es auch nicht. Selbst nachdem die örtlichen Zeitungen davon berichtet hatten, gab es keine konkreten Hinweise. Nach 6 Monaten wurden die Skelettfunde katalogisiert, in der Asservatenkammer der Kriminalpolizei aufgehoben, und die Akte als ungelöst vorerst geschlossen.

1971

Die letzten Monate im College waren angebrochen, die schriftlichen Prüfungen beendet. Gloria kam spät nachmittags nach Hause und strahlte über das ganze Gesicht. Sie legte ihrer Mutter wortlos eine Mappe hin. Dorothy schlug sie auf und sah ihrer Tochter ins Gesicht, die sie mit einem Lächeln und großen Augen anblickte. Sie blickte hoch zu ihrer Tochter und wieder zurück auf die Fotos. Langsam blätterte sie Foto für Foto um. „Wo hast du diese Fotos her? Die sehen richtig professionell aus, wie richtige Werbefotos."

„Vor zwei Monaten war ein Fotograf in der Schule und hat einige Mädchen angesprochen, ob sie sich nicht fotografieren lassen wollten für Werbeaufnahmen. Da sind wir, also Dianne, Jennifer, Olivia und ich, letzte Woche zu diesem Fotografen gegangen und er hat von uns die Fotos gemacht. Damit könnten wir uns sogar als Mannequins bewerben. Er hat uns sogar die Adresse einer Agentur genannt und wir wollten sie nächste Woche dort vorbeibringen. Vielleicht bekomme ich damit ja einen Job und dann könnte ich doch mein Studium mit dem Geld mitfinanzieren. Ich weiß genau, wie teuer das wird und möchte auch meinen Teil dazu beitragen. Bitte, sag nicht nein, Mom." Mit großen, bittenden Augen sah Gloria ihre Mutter an.

„Woher weißt du, dass dieser Fotograf ehrliche Absichten hat? Wie heißt er überhaupt?"

Gloria zeigt auf die Rückseite der Fotos, dort war ein Label abgedruckt mit dem Namen und der Adresse des Fotografen.

„Nun, das müssen wir erst mal überprüfen. Normal halte ich nichts davon." Ihre Mutter hatte manchmal komische Ansichten.

Gloria verdrehte die Augen. „Mom, der Fotograf ist schon sehr alt, bestimmt über 50." Gerade als sie das gesagt hatte, fiel ihr ein, dass ihre Mutter ja auch schon fast so alt sein müsste. Sie erschrak. Ihre Mutter schaute sie streng an, musste dann aber lachen.

„Na gut, wir werden uns über diesen Fotografen erkundigen und wenn dein Vater auch einverstanden ist, kannst du die Fotos zur Agentur geben."

Gloria strahlte über das ganze Gesicht. „Danke, Mom." Damit haucht sie ihr einen Kuss auf die Wangen. Sie wusste genau, wie sie ihren Vater um den Finger wickeln konnte.

Ein paar Wochen, nachdem Gloria die Fotos bei der Agentur eingereicht hatte, rief der Firmenleiter bei ihr an und fragte, ob sie bei einer Modenschau in Boston mitmachen möchte. Gloria strahlte, gab aber den Telefonhörer mit der Bemerkung: „Da müssen Sie meine Mutter fragen!" an diese weiter. Sie wollten gerade zusammen das Abendessen vorbereiten. Nach dem kurzen Gespräch nickte ihre Mutter. „Wir werden zusammen dorthin fahren, damit ich mich persönlich davon überzeugen kann, dass alles seine Ordnung hat."

Am nächsten Freitagabend sollte der Probelauf beginnen, die Modeschau war für den Samstagnachmittag angesetzt. Die genaue Adresse mit Anweisungen kam kurz nach dem Anruf per Fax. Gloria war happy. Instinktiv wusste sie, dass sich ihr hier die Chancen boten, Erfahrungen im Modedesign zu sammeln. Vielleicht würde ihr so eine Modenschau und die Vorführung der Modelle als Mannequin ja Spaß machen. Sie wusste aber auch, dass sie nur dann diese Chance wahrnehmen konnte, wenn ihre Mutter den Eindruck haben würde, dass alles seriös ablaufen werde.

Als sie am Freitagabend aufgeregt die große Halle betraten, wuselte dort eine Menge junger Frauen und Mädchen herum. Gloria machte große Augen. Da sprach eine ältere Frau sie an: „Gehörst Du zu den Bewerberinnen? Und Sie auch?" Dabei sah sie ihre Mutter an. Diese schüttelte den Kopf und erklärte: „Ich passe nur auf, das ist meine Tochter." „Komm mit, wir müssen dich schminken und dann musst du dich umziehen. Solltest du bei der Vorführung in die engere Wahl kommen, sehen wir uns nachher wieder." Damit zog die Dame Gloria hinter einen Vorhang. Ihre Mutter blieb außen im Saal stehen, setzte sich dann auf einen der vielen Stühle am Laufsteg und wartete auf die Vorführung. Gloria erhielt schon nach dem ersten Durchlauf die Information, dass sie bei der großen Modenschau in New York dabei sein werde. Sie hatte den Test bestanden. Sie war überglücklich. Dieser Tag war der Beginn einer sehr erfolgreichen Karriere von Gloria als Mannequin auf den internationalen Laufstegen.

1975

Inzwischen hatte sich Gloria zu einer schönen jungen Frau entwickelt. Sie war groß, sehr schlank mit langen Beinen, ihr schwarzes lockiges Haar trug sie schulterlang, meist mit einem Band gezähmt, damit es nicht nach allen Richtungen abstand. Ihre großen braunen Augen schauten immer neugierig und fröhlich in die Welt und immer wieder blitzte ein lustiges Lächeln über ihr Gesicht. Ihre Eltern hatten ihr inzwischen das Studium an der Modefachschule in Boston ermöglicht, einen Teil der Studiengebühren verdiente sich Gloria mit Modeln. Die Agentur, der sie damals nach dem College ihre Fotos eingereicht hatte, war inzwischen mit ihrer Vermittlung als Mannequin sehr erfolgreich. Gloria wurde sehr oft zu den Fashion Weeks durch bekannte internationale Designer gebucht. Dadurch war sie einige Wochen im Jahr viel unterwegs, vor allem in Amerika, aber auch in den europäischen Hauptstädten. Wenn sie frei hatte, studierte sie weiter. Das verlängerte zwar das Studium, aber in drei Jahren wäre sie dann vielleicht soweit und könnte ihre Prüfungen ablegen, wenn nichts dazwischen kam. Sie wäre dann gerade rechtzeitig vor den herbstlichen Modeschauen mit dem Studium fertig.

Vor kurzem war sie in Mailand gewesen und jetzt gerade in Paris auf dem Laufsteg. Morgen würde sie nach Hause fliegen. Sie freute sich schon darauf, endlich wieder ihre Eltern zu sehen. Es war später

Abend und sie hatte sich müde auf ihr Hotelzimmer zurückgezogen. Da klingelte ihr Telefon. Ihre Mutter war dran.

„Gloria, mein Schatz, wie geht es dir?" Dieser Anruf und diese Frage ihrer Mutter waren so ganz untypisch für sie. Außerdem hörte sich ihre Stimme so gebrochen an.

„Was ist los, Mom?" Auf einmal hatte Gloria ein komisches Gefühl im Magen. Und das kam nicht vom Hunger, den sie wieder nicht gestillt hatte.

„Es tut mir so leid, Schatz, aber dein Dad ist im Krankenhaus."

„Oh Gott, was hat er denn?" Gloria hielt die Luft an. Ihr Vater war doch noch nie krank gewesen, seit sie sich erinnern konnte, war er ihr Berg in der Brandung. Ihm durfte Nichts fehlen.

„Er hatte einen Herzinfarkt. Es geht ihm nicht so gut. Kannst du nach Hause kommen?"

Gloria merkte, wie Panik in ihr aufstieg. Wenn ihre Mutter das schon sagte, wo sie doch Ärztin war. „Mein Flug nach Boston ist gebucht, er geht morgen früh um sechs ab Paris. Ich bin dann gegen Mittag in Boston am Flughafen. Ist Dad bei dir im Krankenhaus?"

„Ja, er liegt auf der Intensiv."

„OK, ich komme dorthin. Bitte, Mom, sag ihm, dass ich komme und dass er durchhalten muss. Er

114

wird doch wieder gesund, oder?" Gloria kamen die Tränen.

„Schatz, ich hoffe es so sehr." Ihre Mutter schluchzte.

Gloria bemühte sich, klar zu denken. „Bitte, Mom, ich komme, so schnell ich kann. Wir sehen uns im Krankenhaus. Bis dann." Sie legte auf. Konnte sie ihren Flug umbuchen? Sie rief am Flughafen an. Nein, vor morgen früh ging kein Flug nach Boston. Sie musste sich gedulden. Ihre Koffer waren schon gepackt. Schnell rief sie noch bei einer Freundin an und dann in Berlin. Sie musste ihre Teilnahme an der nächsten Modenschau dort absagen. Auf jeden Fall wollte sie bei ihrem Vater sein, noch bevor er aus dem Krankenhaus entlassen wurde. Das war ihr viel wichtiger als alle Jobs der Welt. An eine andere Möglichkeit dachte sie gar nicht erst.

Nach ihrer Ankunft in Boston nahm sie ein Taxi ins Krankenhaus. Während der Fahrt dachte sie, wie oft war ich jetzt schon in diesem Krankenhaus und habe dort meine Mutter besucht, während sie dort Dienst hatte? Aber niemals hatte es einen ernsten Anlass für sie gegeben, dorthin zu fahren. Trübsinnig hing sie ihren Gedanken nach. Auf der Intensivstation wartete bereits ihre Mutter auf sie, ihre Augen waren feucht und rot geschwollen. Oh Gott, bitte nicht, dachte Gloria voller Panik. Sie umarmte ihre Mutter und drückte sie an sich. „Dein Vater ist heute Morgen gestorben." Mehr konnte ihre Mutter ihr nicht mehr ins Ohr flüstern, dann brach sie in Tränen aus, genau wie Gloria. Beide Frauen standen eng umschlungen im Flur und weinten. Nach einiger Zeit richtete sich Gloria auf. „Kann ich ihn noch einmal sehen?", fragte sie leise.

„Ja, komm mit." Ihre Mutter wischte sich die Tränen ab und ging voran. In einem kleinen Zimmer stand ein einsames Bett. Ihr Vater sah aus, als würde er schlafen. Gloria setzte sich an das Bett und nahm seine Hand. Lange sah sie ihn an, dann beugte sie sich vor und gab ihm einen Kuss auf die Stirn. Ihre Mutter stand die ganze Zeit am Fußende vom Bett und stützte sich schwer ab.

„Komm, Mom, es sind bestimmt noch Formalitäten zu erledigen. Lass uns gehen." Gloria nahm ihre Mutter in den Arm und gemeinsam gingen sie hinaus.

Am Grab erinnerte sich Dorothy an die letzten Worte ihres Mannes: „Du musst es ihr sagen!", hatte er ihr zugeflüstert. „Ich liebe dich!" Dann war er verstorben. Wo sollte sie jetzt die Kraft hernehmen, um Gloria zu diesem Zeitpunkt eine so alles verändernde Information zu geben? Nein, das konnte sie nicht, jetzt noch nicht. Sie würde das anders regeln. Später. Erst mal musste sie selbst mit dem Schmerz klarkommen.

Erst einmal blieb Gloria einige Zeit zu Hause, sie musste diesen Schock verarbeiten. Ihr über alles geliebter Vater war tot. Jeden Tag ging sie zum Grab, hielt stumme Zwiesprache mit ihm. Nach einiger Zeit wurde ihr klar, dass nicht nur sie litt, sondern auch ihre Mutter. Sie versuchte ihr zu helfen, so gut sie konnte. Nach ein paar Monaten nahm Gloria ihr

Studium wieder auf und bereitete sich auf ihre nächsten Zwischenprüfungen vor. Sie wusste auf einmal nicht mehr, was sie als nächstes anfangen sollte, sie konnte sich nicht dazu durchringen, Pläne für ihr eigenes Modelabel und ihr Modestudio zu machen. Sie konnte sich im Moment einfach nicht vorstellen, noch länger hier in Boston zu bleiben, wo sie ständig an ihren Vater denken musste. Also begann sie wieder mit dem Modeln und reiste von einer Modewoche zur nächsten, überall war sie als Mannequin immer noch sehr gefragt. Rastlos war sie in ihrem Schmerz, der nur allmählich verebbte. Ihre Mutter vergrub sich in der Klinik und in ihrer Arbeit. Natürlich fuhr Gloria so oft sie konnte nach Hause zu ihr, aber schon nach ein paar Tagen zog es sie wieder hinaus in die schillernde und aufregende Modewelt.

1981 - Oktober

Soeben hatten Gloria und einige ihrer Kolleginnen die Modewochen in Europa erfolgreich beendet und alle saßen gemütlich zusammen in einem schicken kleinen Bistro in der Pariser Innenstadt. Sie feierten den Abschluss der Saison. Der kleine Kreis von sechs Frauen war in den letzten Jahren zu einem richtigen Freundinnenkreis zusammengewachsen. Sie traten fast immer zusammen bei den Modeschauen auf, wie es Freundinnen eben tun. Heute hieß es für sie: endlich wieder einmal richtig essen dürfen, ein paar Tage mal nicht auf die Figur schauen.

Gloria hatte inzwischen wieder angefangen, ihre ersten eigenen Entwürfe für eine eigene Modelinie fertig zu stellen und auch die ersten Modelle zu nähen. Vor zwei Jahren hatte sie endlich nach ihrem langen, immer wieder unterbrochenen Studium ihre Prüfung mit Auszeichnung abgelegt. Jetzt wollte sie Mode entwerfen für die Frau von der Straße mit normaler Figur, nicht in Kindergrößen wie das alle anderen Designer machten, sondern für Frauen, die auch mal ein paar Pfunde mehr auf den Rippen hatten, eben Menschen wie du und ich. Während sie so zusammensaßen, diskutierte Gloria mit ihren Freundinnen ihre Ideen. Sie bekam viel Bestätigung, und ihre fünf Freundinnen meldeten sich schon mal an zum Vorführen auf ihrer ersten geplanten Modeschau irgendwann im nächsten Jahr. Gloria hatte nach dieser sehr anstrengenden Saison den Entschluss gefasst, mit dem Mannequin-Dasein aufzuhören und sich ganz ihrem Traum vom eigenen Label zu widmen. Also war dies auch ein Abschiedsessen, ein Abschied von dem großen Modezirkus.

Als Gloria endlich in ihr Hotel zurückkam, war sie fröhlich, ein bisschen beschwipst und trällerte leise eine Melodie vor sich hin. Der Empfangschef winkte ihr zu: „Da war ein Anruf für Sie, Madame. Sie möchten bitte zurückrufen. Hier ist die Nummer." Damit hielt er ihr einen Zettel hin. Gloria sah sich die Nummer an, eine Nummer in Boston, die sie nicht kannte. Sie nahm den Zettel mit auf ihr Zimmer um zurückzurufen. Ihre Freundin Jenny meldete sich am Telefon. Gloria kicherte angeheitert. „Hallo Jenny, du hast angerufen? Ich wusste gar nicht, dass du ein neues Telefon hast. Was gibt es denn so Wichtiges? Meine Kolleginnen und ich haben gerade das Ende der Modewoche hier in Paris gefeiert. Ich bin etwas beschwipst. Entschuldige, was hast du gerade gesagt?"

Gloria merkte, dass ihre Freundin etwas herumdruckste und wurde schlagartig nüchtern. Sie schluckte kurz und fragte: „Was ist passiert, Jenny?"

„Bitte Gloria, nicht aufregen, deine Mutter hatte einen schweren Verkehrsunfall. Sie liegt hier im Krankenhaus auf der Intensiv."

„Mein Gott, wie ist das denn passiert? Wie geht es ihr?" Gloria konnte nur noch flüstern, sofort musste sie an ihren Vater denken. Bitte nicht auch noch meine Mutter, dachte sie.

„Sie war gerade unterwegs zum Einkaufen, da ist ein Betrunkener in die Fußgängergruppe hineingerast. Zwei Menschen waren sofort tot, drei sind schwer verletzt, darunter auch deine Mutter. Es tut mir so leid." Jenny war total niedergeschlagen und bedrückt. Sie kannte Glorias Mutter seit dem Kindergarten. Gloria musste schlucken, warum nur war das jetzt passiert? Hoffentlich, hoffentlich schaffte es ihre Mutter, sie war ja so stark. Sie musste sofort nach Boston. „Jenny, ich komme so schnell ich kann nach Boston. Danke, dass du mich angerufen hast."

Sie legte auf und schaute auf die Uhr. Es war fast Mitternacht. Sie rief beim Empfang an und fragte nach der schnellsten Flugverbindung nach Boston. Kurz danach der Rückruf, sie könnte um fünf Uhr morgen früh mit einem Direktflug nach Boston fliegen. Sie bestätigte sofort die Buchung und packte ihre Koffer. Sie hatte noch zwei Stunden Zeit. Sie ließ sich die Telefonnummer des Krankenhauses geben und rief dort an. Ihre Mutter war operiert und in ein künstliches Koma versetzt worden. Sie lag auf der Intensiv. Mehr wollte man ihr am Telefon nicht sagen. Sie musste sich gedulden.

Weder vor dem Abflug noch während des Fluges konnte Gloria ein Auge zu machen und schlafen. Diese Situation hatte sie vor ein paar Jahren schon einmal durchlebt, als ihr Vater an einem Herzinfarkt gestorben war. Bitte nicht schon wieder, flehte sie still vor sich hin. Als sie mit dem Taxi am Krankenhaus in Boston ankam, ließ sie ihre Koffer in der Rezeption und fuhr mit dem Fahrstuhl auf die

Intensivstation. Dort fragte sie die Stationsschwester nach ihrer Mutter, Dr. Dorothy Walker. Die Schwester sah sie sehr bedrückt an. „Es tut uns allen so leid, Miss Walker. Wir kennen Ihre Mutter ja so gut, sie ist hier sehr beliebt. Kommen Sie, ich bringe Sie zu ihr."

„Wie geht es ihr denn? Bitte, sagen Sie doch was!"

„Dr. Buttler ist bei ihr, er wird Ihnen alles Weitere sagen!" Es war offensichtlich, dass sich die Schwester ihr gegenüber nicht äußern wollte.

Im Krankenzimmer stand ein Arzt und kontrollierte die Geräte. Das ist ein déjà-vu, dachte Gloria. Nicht schon wieder. Ihre Mutter sah so friedlich aus, als würde sie schlafen. Nur der Beatmungsschlauch störte das Bild, und das Piepsen der Geräte. Gloria musste sich am Bett festhalten.

„Wie geht es meiner Mutter?" flüsterte sie fragend dem Arzt zu. Dieser nahm ihre Hand: „Es tut mir sehr leid, wir haben ihre Mutter operiert, aber wir können nicht sagen, ob sie diese Nacht übersteht. Die inneren Verletzungen sind sehr gravierend. Jetzt müssen wir abwarten und hoffen, dass keine Komplikationen und Nachblutungen auftreten. Sie können hier gerne bei Ihrer Mutter bleiben." Damit ging er aus dem Zimmer. Draußen schaute er besorgt zurück. Gloria war sicher, dass er ihr nicht alles gesagt hatte. Sie war fassungslos. Langsam und vorsichtig ließ sie sich auf einen Stuhl am Bett nieder und griff nach der Hand ihrer Mutter. Sie war so kalt. Sie merkte gar nicht, dass ihr die Tränen über das Gesicht liefen, leise flüsternd sprach sie mit ihrer Mutter, erzählte ihr von ihrer Tour und was sie alles in Europa erlebt hatte. Irgendwann nickte sie ein und wurde von einem schrillen Ton geweckt. Immer noch hielt sie die eiskalte Hand ihrer Mutter. Eine Schwester kam hereingerannt und hantierte hektisch am Bett, Gloria sprang auf, dann war auch schon der Arzt da. Gloria drückte sich in eine Ecke des Zimmers und beobachtete entsetzt das Geschehen. Nach einer gefühlten Ewigkeit, es waren aber höchstens ein paar Minuten, trat der Arzt vom Bett zurück und schüttelte den Kopf in ihre Richtung. „Es tut mir leid, Miss Walker, aber ich konnte nichts mehr für Ihre Mutter tun."

Wieder stand Gloria an einem Grab. Ihre Freundin Jenny stützte sie. Jetzt bin ich ganz alleine, dachte Gloria, sie fühlte sich unendlich leer. Langsam gingen beide Frauen über den Friedhof zum Auto. Besorgt sah Jenny ihre Freundin Gloria an. „Wann hast Du zum letzten Mal etwas gegessen? Du bist so blass und so furchtbar dünn. Komm doch mit zu uns. Meine Eltern würden sich freuen. Du kannst auch eine Zeitlang bei mir wohnen. Du solltest jetzt nicht alleine sein. Bitte, Gloria."

„Danke, Jenny, aber ich möchte nur noch nach Hause und schlafen. Ich bin so müde. Und im Moment bekomme ich keinen Bissen herunter. Nochmals Danke für Dein Angebot. Ich melde mich wieder."

Jenny setzte Gloria zu Hause ab und sah ihr besorgt nach, wie sie sich zum Eingang schleppte. „

Keine Chance, ich komme morgen früh wieder vorbei und bringe Frühstück mit!" rief Jenny ihr hinterher.

Vor zwei Wochen hatte sie ihre Mutter neben ihrem Vater beerdigt. Die Tage danach verbrachte Gloria wie in Trance. Es war gut, dass Jenny ab und zu vorbeikam und versuchte, sie zu trösten und aufzumuntern. Inzwischen war einiges an Post angekommen. Jenny hatte sie auf den kleinen Tisch im Wohnzimmer gelegt. Nach einem ausgiebigen Bad am Morgen hatte Gloria sich ausgiebig Zeit für ihr Make-up genommen, hatte das hellblaue Kleid angezogen, das ihre Mutter so gerne an ihr gesehen hatte und beschlossen, endlich wieder zu leben. Mit einer Tasse Kaffee setzte sie sich an den kleinen Tisch. Sie musste ihre Post durchsehen, aber noch nicht sofort. Erst wollte sie die belebende Wirkung des Kaffees genießen. Lange Zeit saß sie mit geschlossenen Augen da, ohne sich zu rühren. Als sie die Augen wieder öffnete, fiel ihr Blick auf einen Briefumschlag mit einem kunstvollen Stempel. Das machte sie neugierig, der Stempel kam ihr bekannt vor. Als sie den Umschlag öffnete, wusste sie auch warum. Er war von den Anwälten ihrer Eltern, Bellings & Co.

Er enthielt nur eine kurze Mitteilung mit der Bitte, sie, Miss Walker, möge doch in den nächsten Tagen in der Anwaltskanzlei vorbeikommen, es ginge um das Testament ihrer Eltern. Gloria griff zum Telefonhörer und machte in der Kanzlei einen Termin für den nächsten Tag aus.

Am nächsten Morgen fuhr Gloria nach Boston zur Kanzlei. Mr. Bellings jr. empfing sie persönlich und drückte ihr sein tiefstes Beileid aus. „Es tut mir sehr leid, Miss Walker, was mit ihrer Mutter passiert ist. Vor drei Jahren, gleich nach dem Tod ihres Vaters, hat ihre Mutter hier bei mir ein Testament aufgesetzt." Es war ihm anzumerken, wie unangenehm ihm die ganze Angelegenheit war. Er öffnete einen Umschlag, der bereits vor ihm auf dem Schreibtisch lag und erörterte weiter: „Nach diesem Testament erben Sie den gesamten Besitz, d.h. das Haus in Williamsburg, das Ferienhaus in Maine, sowie die gesamten Rücklagen und Wertpapiere Ihrer Eltern. Die genauen Werte sind hier separat aufgelistet." Damit übergab Mr. Bellings Gloria eine Liste. Gloria warf einen kurzen Blick darauf und hielt kurz die Luft an. Sie hatte keine Ahnung, dass ihre Eltern so vermögend waren.

„Darüber hinaus hat mir Ihre Mutter einen Briefumschlag gegeben, den ich Ihnen im Falle ihres Todes aushändigen soll. Hier ist der Brief, außerdem noch einige andere Unterlagen. Wenn Sie möchten, lasse ich Sie einen Moment alleine, damit Sie den Brief lesen können."

Entsetzt sah Gloria den Anwalt an. Sie zitterte, ihre Hände konnten kaum die Dokumente halten. „Wissen Sie, was darin steht? Ich schaffe es im Moment nicht, den Brief zu öffnen."

Der Anwalt nickte. „Ihre Mutter hat mir in groben Zügen davon berichtet. Aber Sie sollten es wirklich selbst lesen, das ist sehr wichtig für Sie. Ich bin nebenan, rufen Sie mich, wenn Sie fertig sind, oder Hilfe brauchen." Damit stand der Anwalt auf und ging hinaus, nicht ohne Gloria bedauernd anzusehen. Aber das bemerkte sie nicht.

Eine lange Zeit saß Gloria nur da und drehte den Umschlag in ihren Händen. Sie zitterte. Was gab es denn so Wichtiges, das ihre Mutter ihr nicht vorher in den letzten Jahren hätte selbst sagen können? Die Sekretärin von Mr. Bellings kam herein und brachte ihre eine Tasse Kaffee. Dankbar nickte Gloria ihr zu, aber dann brauchte sie doch beide Hände, um die Tasse hochzuheben und daraus zu trinken. Erstaunlicherweise hatte der Kaffee eine beruhigende Wirkung auf sie. Endlich überwand sie ihre Bedenken und öffnete den Umschlag. Er enthielt mehrere von ihrer Mutter mit der Hand eng beschriebene Blätter und einen weiteren dicken Umschlag, der zugeklebt war. Gloria fing an zu lesen.

„Liebste Gloria, es fällt mir sehr schwer, Dir diese Zeilen zu schreiben. Doch wenn Du diesen Brief geöffnet hast, werde ich nicht mehr bei Dir sein. Dein Vater und ich wollten Dir schon sehr lange etwas sagen, aber wir haben es nicht übers Herz gebracht. Und als er dann so plötzlich gestorben war, hatte ich nicht mehr den Mut, es Dir zu erzählen. Ich hatte mich davor gefürchtet, vor Deiner Reaktion, was Du wohl sagen würdest. Bitte verzeih mir, meine liebste Tochter. Wie soll ich nur anfangen?"

Gloria runzelte die Stirn, sie war mehr als verwirrt. Was sollte sie davon halten. Ihre Mutter war doch sonst immer so tough, so direkt. Wovor hatte sich ihre Mutter denn so gefürchtet? Sie las weiter, und je länger sie las, desto größer wurden ihre Augen.

„Ich muss es gerade heraus sagen. Im Jahre 1954 befanden sich Dein Vater und ich in Deutschland. Wir hatten uns nach dem Krieg freiwillig dorthin gemeldet. Ich habe in Frankfurt im Armee-Hospital als Ärztin gearbeitet und Dein Vater war an verschiedenen Orten in Deutschland stationiert. Obwohl wir schon mehr als 15 Jahre verheiratet waren, und wir waren sehr glücklich, das musst Du mir glauben, hatten wir keine eigenen Kinder. Es stellte sich heraus, dass ich keine Kinder bekommen konnte. Aber es war unser größter Wunsch, ein Kind zu haben, und da bist Du uns, besser gesagt, Deinem Vater, praktisch in den Schoß gefallen! Er hat Dich gefunden, jemand hatte Dich ausgesetzt, und Robert hatte Dich sofort in sein Herz geschlossen. Als er Dich mir brachte, ging es mir genauso. So bist Du zu uns gekommen, es war ein Segen, ein Gottesgeschenk."

Dann folgte eine genaue Auflistung der Fakten, wo und wann sie gefunden worden war, die eingeschalteten Behörden mit Adressen, wie sie letztendlich von den deutschen Behörden zur Adoption freigegeben worden war und wann genau

126

sie mir ihren Eltern in die Staaten gekommen war. Ihre Mutter hatte akribisch alles aufgeschrieben, was passiert war, dass damals keiner ein vier Wochen altes Baby vermisste, dass keine Angehörigen gefunden worden waren und von der Polizei auch nicht festgestellt werden konnte, warum sie ausgesetzt worden war und von wem.

„Liebste Gloria, wir haben Dich von Anfang an geliebt wie unsere eigene Tochter, wie unser eigen Fleisch und Blut. Ich hoffe, Du kannst uns verzeihen, dass wir es Dir nicht früher gesagt haben. Vielleicht wirst Du den Wunsch verspüren, nach so langer Zeit Deine leiblichen Eltern suchen zu lassen. Wahrscheinlich ist es ja möglich, mit modernen Untersuchungsmethoden mehr herauszufinden als im Jahre 1954. Wir haben die Babywäsche aufgehoben, die Du damals getragen hattest, und ein Foto von dem Körbchen, in dem Du damals gelegen warst. Wir haben damals versucht, über die Behörden und die Polizei Verwandte von dir zu finden, aber ohne Erfolg. Und dann hatten wir nicht mehr den Mut, es später nochmals zu versuchen. Die entsprechenden Papiere von 1954 lege ich hier bei.

Liebste Gloria, ich wünsche Dir alles Glück der Erde, bitte verzeih uns. Wir haben Dich immer geliebt, Du warst unser Leben. In Liebe Deine Mutter."

Minutenlang saß Gloria regungslos da, tränenüberströmt, die Dokumente hatte sie wieder auf den Tisch gelegt. Danach öffnete sie den zweiten Umschlag, er enthielt ein Babyjäckchen, wohl aus Baumwolle und ein entsprechendes Mützchen, ein Foto, einige offiziellen Papiere in deutscher Sprache, sonst nichts. Gloria war irritiert. Diese Kleidungsstücke musste sie wohl damals angehabt haben. Es klopfte kurz, Mr. Bellings kam herein und setzte sich wieder hinter seinen Schreibtisch. Verständnisvoll blickte er Gloria an. „Ihre Mutter hat mich gebeten, Ihnen bei allen Nachforschungen zu helfen, soweit wir das mit unserer Kanzlei können."

Gloria kämpfte mit sich. „Was soll ich jetzt machen? Wie kann ich nach so langer Zeit eine Spur meiner leiblichen Eltern finden, wenn das damals nicht gelungen ist?" Es war nur ein Flüstern, was Gloria über Ihre Lippen brachte. Sie war total schockiert. Der Anwalt überlegte kurz, dann erklärte er: „Als Ihre Mutter mich damals im Groben über den Inhalt des Briefes informierte, habe ich mir schon ein paar Gedanken gemacht. Ich könnte eine befreundete Kanzlei in Deutschland bitten, einen Privatdetektiv zu beauftragen, nach Ihren Eltern zu suchen. Vielleicht kann er ja mit den Unterlagen und den Kleidungsstücken und den Papieren, die Ihre Mutter Ihnen hier überlassen hat, etwas herausfinden. Immerhin ist inzwischen die Kriminaltechnik fortgeschritten und es gibt DNA-Tests, womit man auch schon Verwandtschaften feststellen kann. Wenn Sie möchten, setze ich ein entsprechendes Schreiben auf und schicke es nach

Deutschland." Freundlich sah Mr. Bellings Gloria an. Sie überlegte kurz und nickte.

„OK, machen Sie das. Ich möchte den Brief mitnehmen, bitte machen Sie für Ihre Unterlagen eine Kopie. Die Kleidungsstücke nehme ich mit. Melden Sie sich bitte bei mir, wenn Sie etwas in Erfahrung bringen. Ich werde in den nächsten 4 Wochen zu Hause in Williamsburg sein, danach bin ich erst mal in New York und dann wieder in Europa unterwegs. Die nächsten Modewochen beginnen. Aber ich gebe Ihnen meine Karte, Sie können mich immer über mein Mobiltelefon erreichen."

Gloria verabschiedete sich kurz von Mr. Bellings, sie wollte nur noch weg, nach Hause. Vor der Tür blieb sie kurz stehen, Tränen standen ihr immer noch in den Augen. Nein, ich kann jetzt nicht alleine sein, dachte sie und rief kurzentschlossen ihre beste Freundin Jenny an.

Mr. Bellings hatte sich inzwischen von seiner Sekretärin die Adresse und Telefonnummer der ihm bekannten Anwaltskanzlei Harnisch & Partner in Düsseldorf/Deutschland heraussuchen lassen. Nach einem kurzen Blick auf die Uhr rief er in Deutschland an, erklärte seinem Bekannten in der Kanzlei Harnisch & Partner kurz die Situation und bat ihn, einen Privatdetektiv zu beauftragen, um Nachforschungen über die vermissten Eltern von Gloria Walker anzustellen. Die Unterlagen und das Beweismaterial würden in den nächsten Tagen mit der Post nach Deutschland geschickt werden.

Als die Papiere in der Kanzlei in Düsseldorf eintrafen, rief Notar Dr. Feger seine Sekretärin herein. „Hier, Frau Stelter, sind Unterlagen aus den USA. Wir sollen einen Detektiv mit der Suche nach vermissten Personen beauftragen. Bitte nehmen Sie das Telefonbuch von Frankfurt und suchen einen Privatdetektiv heraus, der sich um diese Sache kümmern soll." „Wen soll ich denn nehmen? Kennen wir denn dort einen guten Detektiv?"

„Nein, gehen Sie einfach dem Alphabet nach. Ich habe keine Zeit, mich damit zu befassen. Es ist halt eine kleine Gefälligkeit einem Kollegen gegenüber, den ich mal auf einer Konferenz getroffen habe. Keine große Verpflichtung. Ich muss jetzt zum Gericht. Erledigen Sie die Sache ohne großes Aufhebens! Danke."

1982 - Januar

Und so bekam Lothar Abraham, seines Zeichens Privatdetektiv, der erste in einer längeren Liste im Telefonbuch, Post aus Düsseldorf. Er war Mitte 50, hatte lange graue Haare, seine füllige Figur ließ auf wenig Sport schließen und seine Kleidung hatte auch schon mal bessere Tage gesehen. Sein zerfurchtes Gesicht wirkte angespannt, als er den Briefumschlag von allen Seiten betrachtete. Er hatte ihn heute Morgen in seinem Briefkasten gefunden, der selten genug Post beherbergte. Dieser Brief war tatsächlich von der ihm völlig unbekannten Anwaltskanzlei Harnisch & Partner aus Düsseldorf. Er hatte noch nie von ihnen gehört. Also – wie kamen die nur auf ihn, den kleinen unbekannten Privatdetektiv Abraham? Er schaute sich in seinem Büro um. Hier sah es nicht gerade danach aus, als zählte er die High Society aus Frankfurt zu seinem Kundenstamm. Eine Sekretärin konnte er sich nicht leisten, er arbeitete alleine. Sein Büro lag im 3. Stock eines alten Hauses im Gallusviertel. Das Treppenhaus war dunkel und verdreckt, die Fenster gingen in den Hinterhof hinaus, die Toilette lag auf halber Höhe im Treppenhaus. Nicht gerade das Hyatt - dafür war die Miete viel niedriger.

Sein Schreibtisch war im Moment über und über mit Papieren und Resten der letzten Mahlzeiten bedeckt. Aber das störte ihn nicht, er war eh kaum im Büro. Meist hielt er sich im Café um die Ecke auf oder draußen auf der Pirsch zu Ermittlungsarbeiten.

Einmal im Monat kam eine Putzfrau, um bei ihm sauber zu machen. Vom Erscheinungsbild her hatte er sich nah an sein großes Vorbild Humphrey Bogart gehalten. Im Büro lagen seine Füße meist auf dem Tisch, wenn er das Büro verließ, zog er einen Trenchcoat über und setzte einen Hut auf, den er tief in die Stirn zog. Trenchcoat und Hut hatten schon bessere Zeiten gesehen, abgeschabt und zerknittert, voll mit Flecken und etwas ausgeleiert. Aber ihm gefiel es so, außerdem hätte er sich etwas Anderes, Besseres kaum leisten können. Seine Einkünfte reichten gerade für seine kleine Wohnung und dieses Büro.

Aber jetzt das. Ein Auftrag, der nach gutem Geld aussah. Vermisste Personen aufzuspüren, das war ihm schon oft gelungen, vielleicht hatte ihn ja jemand empfohlen, dachte er so bei sich. Er sollte also eine verschwundene Familie suchen, verschwunden seit 1954, also seit fast 30 Jahren. Der Original-Auftrag kam aus den USA, von der Bostoner Anwaltskanzlei Bellings & Co. Man hatte ihm einige Unterlagen in Kopien und ein Foto zugeschickt. Das war dürftig genug, was ihm da zur Verfügung stand. Das Foto eines Babys in einem Korb mit Decke, eine kurze Beschreibung des Fundortes, mehr gab es nicht. Keine Namen – wohl erst mal zur Absicherung. Allerdings lag auch ein Scheck als Honorar-Anzahlung bei den Unterlagen, und der konnte sich sehen lassen. Dieses Geld würde ihm über die nächsten Wochen helfen.

Nun, Lothar Abraham begann positiv zu denken. Er hatte schon mehrmals als vermisst gemeldete

Personen wieder aufgespürt, lebend oder tot; es war seine Spürnase und Intuition, die ihm immer dabei geholfen hatten, vielleicht aber auch Kommissar Zufall und eine große Portion Glück. Wer konnte das schon im Nachhinein sagen. Dieser Auftrag machte ihn jedenfalls neugierig, auch wenn er jetzt schon wusste, dass es nicht leicht werden würde.

Lothar Abraham nahm seinen Papierkorb und fegte mit einer schwungvollen Armbewegung die Schreibtischplatte leer. Einiges landete dabei auf dem Fußboden, aber das störte ihn wenig. Dann breitete er die neuen Unterlagen vor sich auf dem Tisch aus und studierte sie genau. Aus einer Schublade holte er einen neuen Schreibblock heraus und spitzte seine Bleistifte an. Das war so eine Marotte von ihm, für jeden neuen Fall einen neuen Block. Eine andere Marotte von ihm war, dass er seine Notizen in einer Art Geheimschrift machte. Allerdings hatte er diese in einer Art und Weise verändert, dass kein Außenstehender seine Notizen lesen konnte. Das war vielleicht nicht immer von Vorteil, schließlich konnte nur er dann etwas damit anfangen. Er las die Unterlagen noch einmal ganz langsam und gründlich durch, dabei machte er sich Notizen. Als Erstes würde er in der Frankfurter Stadtbücherei nach alten Zeitungen von 1954 fragen. Nachdenklich sah er lange in Gedanken versunken aus dem Fenster, dann schrieb er weitere Punkte auf.

Abraham schlenderte über die Untermainanlage in die Seckbacher Gasse, um zum Karmelitenkloster in der Münzgasse zu kommen. Gestern hatte er mit der Stadtbücherei telefoniert, aber dort wurden keine Zeitungen archiviert, das machte nur das Stadtarchiv im alten Karmeliterkloster, in dem auch das Museum für Vor- und Frühgeschichte untergebracht war. Es nannte sich jetzt Institut für Stadtgeschichte. Ein hochtrabender Name, dachte Abraham respektlos. Aber dort hoffte er mehr über die Ereignisse von 1954 zu finden.

Dicke gebundene Bänder der Abendpost, Mikrofilme der FAZ und der Rundschau – seit Stunden arbeitete sich Lothar Abraham langsam auf das Jahr 1954 vor, ohne Ergebnis. Noch nicht mal eine kleine Notiz in den vorliegenden Zeitschriften von 1954. Allerdings war ihm im Jahrgang 1968 ein Artikel über einen Knochenfund in Dreieichenhain aufgefallen. Er machte sich Notizen darüber und beschloss, dem vor Ort nachzugehen. Die nette ältere Dame am Tresen hatte ihn noch darauf hingewiesen, dass vielleicht ja die Zeitungen vom Kreis Offenbach eben dort in Offenbach im Stadt-Archiv eingelagert sein könnten. Als Dank hatte er ihr tief in die Augen gesehen und ihr beim Abschied die Hand geküsst. Verlegen hatte sie vor sich hingekichert und war rot angelaufen.

Als Abraham das Kloster verließ, war es schon dunkel. Er fuhr mit der Straßenbahn nach Hause. Am nächsten Morgen ergänzte er seine Aufzeichnungen und fügte noch ein paar Punkte zum Erledigen dazu. Dann ließ er sich die Telefonnummer vom Stadt-Archiv in der Herrnstraße in Offenbach geben und rief dort an. Leider stellte sich heraus, dass das Archiv nur an zwei Tagen in der Woche geöffnet hatte, nämlich dienstags und donnerstags. Heute war Freitag. Da hatte er noch ein paar Tage, um sich Gedanken zu machen.

Am Dienstagmorgen stand er pünktlich um 9 Uhr vor dem Eingang des Archivs in Offenbach. Hier gab es jede Menge aufgebundene Zeitungen aus dem Landkreis Offenbach und aus der Stadt. Er konzentrierte sich auf die Landkreis-Ausgaben der Jahre 1954 und 1968. Als das Archiv um 12 Uhr schloss, hatte er gerade die letzten Notizen abgeschlossen. Tief in Gedanken versunken ging er zum Bahnhof. Zur weiteren Klärung blieb ihm nur noch ein Weg offen. Er musste an den Ursprungsort, wo alles angefangen hatte, wo das Baby gefunden worden war, damals 1954. Er musste für weitere Nachforschungen und Befragungen nach Dreieichenhain.

Am Donnerstagmorgen fuhr Abraham vom Hauptbahnhof mit dem Regionalzug nach Buchschlag, von dort mit dem Triebwagen nach Dreieichenhain. Er fragte sich durch und stand kurze Zeit später vor dem Pfarrhaus. Als die Tür geöffnet wurde, stellte er sich vor und erklärte dem Herrn auch, warum er hier war. Er wurde ins Haus gebeten und der Herr stellte sich als der gegenwärtige Pfarrer vor. „Leider kann ich Ihnen keine Auskunft über die Geschehnisse von 1968 geben, ich bin erst seit kurzem in dieser Gemeinde. Aber mein Vorgänger hat die Kirchenbücher sehr akribisch geführt, vielleicht kann man dort ja etwas finden. Kommen Sie mit, ich helfe Ihnen im Archiv." „Ich möchte Sie nicht von Ihrer Arbeit abhalten." „Ach, das mache ich doch gerne. Außerdem bin ich auch ein bisschen neugierig." Die beiden Herren stöberten die nächsten Stunden im Kirchenarchiv. Es gab eine Notiz über die Skelettfunde im Jahre 1968, aber neue Erkenntnisse konnte Abraham daraus nicht finden. Aus dem Jahre 1954 war nichts vermerkt.

Abraham notierte sich noch die Adresse der Polizei-Station, die damals im Jahre 1968 und 1954 mit der Angelegenheit betraut war. Vielleicht gab es dort ja noch einige Informationen.

Dann ließ er sich von dem Pfarrer den Weg zum Standesamt im Dreieichenhainer Rathaus zeigen. Die Unterlagen dort könnten eventuell sehr aufhellend und hilfreich sein, vielleicht entdeckte er dort ja auch die Namen von Zeitzeugen aus dem Jahre 1954. Die ältere Dame dort war sehr hilfreich und versuchte, entsprechende Informationen in den amtlichen Unterlagen für ihn zu finden. Selbst suchen, das konnte sie ihm leider nicht erlauben. 1968 war nichts verzeichnet, aber alle Hochzeiten und Geburten im Jahre 1954 suchte sie ihm auf seine Bitte heraus. Gegen eine entsprechende geringe Gebühr erhielt er die Informationen.

Draußen vor dem Rathaus sah sich Abraham die Notizen an. Dann ging er in die Fahrgasse zurück und setzte sich dort in ein Eiscafé. Als der Kaffee endlich vor ihm stand und er die ersten Schlucke genommen hatte, überlegte er weiter. Keine Adressen bei den Namen – toll! Telefonbuch? Fragen? Jetzt? Hier?

Warum nicht. Er winkte den Kellner zu sich und zeigte ihm die Namensliste. „Kennen Sie jemanden davon? Wissen Sie, wo die Leute wohnen?"

„Ich nicht von hier, nix wissen!"

Aha, offensichtlich kein Deutscher. „Haben Sie vielleicht ein Telefonbuch von hier?"

Kurz darauf blätterte er in dem kleinen Telefonbuch von 1975. Ein aktuelleres gab es nicht.

Eine einzige passende Adresse fand er zu einem der auf der Liste aufgeführten Namen. Er fragte den zweiten Kellner nach dem Weg. Dieser zeigte die Straße nach oben: „Immer gerade aus!"

Er machte sich auf den Weg und stand bald danach vor einem Einfamilienhaus. Leider machte auf sein Klingeln niemand auf. In der Nachbarschaft war auch niemand anzutreffen. Da musste er wohl noch einmal vorbeikommen. Er hatte sich die Telefonnummer aufgeschrieben. Einen Termin vorher auszumachen wäre bestimmt nicht schlecht. Er ging zurück zum nahegelegenen Bahnhof und fuhr wieder nach Frankfurt zurück.

1982 – April

Abraham starrte auf seine Notizen. Seit über 3 Monaten war er nun mit der Suche nach einer verschwundenen Familie beschäftigt gewesen. Er hatte viel erfahren, unter anderem, dass es sogar zwei Familien gab, die fast zur gleichen Zeit aus dem Ort verschwunden waren, wo das Findelkind gefunden worden war, nämlich aus Dreieichenhain. Die eine Familie Pfeifer war nach Kanada ausgewandert, die andere war eine Flüchtlingsfamilie namens Müller aus dem Osten und diese schien spurlos verschwunden zu sein. Inzwischen war es nicht mehr möglich, im Osten Nachforschungen anzustellen, also blieben nur die örtlichen Behörden im Landkreis Offenbach.

Er hatte hier in Dreieichenhain Kirchenregister und Standesamt durchforstet, mit ein paar wenigen Überlebenden aus der Zeit kurz nach dem Krieg gesprochen. Die Adoptionsbehörden waren wenig ergiebig gewesen. Außer den bereits bekannten Tatsachen hatte er hier nichts Neues erfahren. Aber dann hatte er die Adresse des letzten Wohnortes der verschwundenen Flüchtlinge ausfindig gemacht. Es war die gleiche Adresse wie die der Auswanderer. Das war schon seltsam. Gab es hier einen Zusammenhang?

Er war zum zweiten Mal nach Dreieichenhain gefahren, nach Terminabsprache. Eine Verwandte der Auswanderer lebte nun in deren Haus. Es war die

Tochter der letzten Hausbesitzerin, einer Kusine der Auswanderin, die vor einem Jahr plötzlich an Krebs verstorben war. Sie hatte im Jahre 1954 dieses Haus ihrer Kusine abgekauft, die damals mit ihrer Familie nach Kanada auswanderte. Sie zeigte Abraham die von ihrer Mutter aufgehobenen und aus Kanada erhaltenen Postkarten. Soweit sie sich noch erinnern konnte, erzählte sie ihm von den Verwandten des Paares, er hatte einen Bruder in Langen. Sie konnte sich zwar nicht mehr an den Vornamen des Bruders erinnern, nur dass es eine Kohlehandlung gegeben hatte. Allerdings wusste sie nichts mehr über diese Familie, auch nichts über die Flüchtlinge, die damals noch hier in diesem Haus gewohnt hatten und wo diese abgeblieben waren.

1982 – Juni

An die verschwundenen Flüchtlinge hatte Abraham nicht so recht glauben können. Wer sollte ein Interesse an deren Verschwinden haben? Und warum war das neugeborene Baby auf dem Weiher ausgesetzt worden, wo es dem sicheren Ertrinken entgegen gegangen wäre? Da waren zu viele Fragen offen.

Wenn die eine Familie in den Osten zurückgekehrt und die andere nach Kanada ausgewandert war, was ja die Briefe und Postkarten belegten, wer waren dann die Skelette aus dem Teich und zu wem gehörte das Findelkind?

Deshalb verfolgte er doch noch die andere Spur der Auswanderer. Wenn er die in Kanada finden könnte, dann, ja dann müssten es vielleicht ja doch die Flüchtlinge sein, die 1968 als Skelette aus dem Weiher geborgen worden waren. Denn das Findelkind gehörte unweigerlich zu diesen Funden dazu. Davon war er felsenfest überzeugt.

Seine Notizen machte Abraham seit Anfang seiner Tätigkeit als Privatdetektiv in einem Heft, in einer von ihm selbst erfundenen Kurzschrift bzw. von ihm abgeänderten, verbesserten Art Eilschrift. Allerdings verriet er niemandem, dass er eigentlich Linkshänder war und damit genauso schnell schreiben konnte wie mit rechts, in Spiegelschrift. So war er der Einzige, der seine Notizen lesen konnte. Am Anfang hatte er mal eine Sekretärin gehabt, als die Zeiten besser waren, der musste er seine Notizen in die Maschine diktieren, da sie seine „Krakel", wie sie es nannte, nicht entziffern konnte. Aber er hatte schon seit längerer Zeit keine Sekretärin mehr bezahlen können und so blieb es bei den Notizen in dem Heft in seiner eigenen „Geheim"-Schrift.

1982 - September

Mehr als 6 Monate waren jetzt vergangen, seit Abraham den Auftrag erhalten hatte, die verschwundene Familie des Findelkindes zu finden. Eine Menge Leute hatte er inzwischen befragt, in Dreieichenhain, in Langen, in Sprendlingen, auf den Ämtern und Archiven, sogar in den Kirchenarchiven hatte er gestöbert. Mehr als einmal war er dort auf Erkundung gewesen, hatte immer wieder mit allen möglichen Leuten gesprochen. Dabei hatte er so manche andere interessante Geschichte gefunden. Keine davon hatte jedoch etwas mit den Vermissten zu tun. Alle Ergebnisse hatte er fein säuberlich notiert (in seiner ureigenen Kurzschrift). Die Akte war schon auf 2 volle Hefte angewachsen. Inzwischen war er sich sicher, dass er auf einer richtigen Spur war. Das wäre eine große Sensation. Aber er brauchte noch letzte Gewissheit.

Er holte die Karte vom Taunus heraus und suchte den Ort, in dem sich angeblich die einzige Person aufhalten sollte, die ihm Auskunft über die verschwundenen Personen geben könnte. Nauenstein – da war der Ort auf seiner Straßenkarte. Scheinbar ein kleines Dörfchen mitten im Taunus. Da konnte es nicht schwer sein, die richtige Person zu finden. Er legte die Karte auf den Tisch, zusammen mit den wichtigsten Unterlagen und schrieb sich die Route auf einen kleinen Zettel, damit er sich nicht verfuhr. Morgen früh würde er sich auf den Weg machen. Allerdings konnte er keine öffentlichen

Verkehrsmittel dazu benutzen, es gab keine direkte Verbindung dorthin. Aber sein alter hellblauer Ford 12M brauchte auch mal wieder etwas Bewegung, er klapperte zwar, aber die Strecke durch den Taunus machte der wohl doch noch mit links, davon war Abraham überzeugt. Danach wollte er in der nächsten Woche noch zur Kanadischen Botschaft. Einen Termin hatte er auch schon vereinbart. Vielleicht würde das ja dann endlich Licht ins Dunkel bringen und aufklären, wo die verschwundenen Personen waren und ob die Funde aus dem Wasser damit etwas zu tun hatten. Letzte Woche hatte er einen Zwischenbericht an die Anwaltskanzlei geschickt und eine Aufklärung in ein bis zwei Monaten versprochen.

1982 – November

Vor 3 Monaten hatte die Kanzlei Bellings & Co. über die Kanzlei in Düsseldorf einen Zwischenbericht des in Deutschland beauftragten Detektivs bekommen, worin dieser eine Aufklärung innerhalb der nächsten 4-6 Wochen versprochen hatte, danach kam aber keine Information mehr von ihm. Als Mr. Bellings jetzt die Unterlagen durchging, kam ihm das sehr spanisch vor, irgendetwas, so sagte ihm sein Bauchgefühl, war da ganz und gar nicht in Ordnung. Vielleicht irrte er sich, so hoffte er wenigstens, als er seiner Sekretärin eine kurze Notiz an Gloria Walker diktierte, wonach sie ihn doch bitte kurzfristig aufsuchen möge. Danach telefonierte er mit der Kanzlei in Düsseldorf, nur um sich zu vergewissern, dass dort keine Post aus Frankfurt von Lothar Abraham vorlag.

Seit dem Brief ihrer Mutter und den darin enthaltenen Enthüllungen über ihre Geburt war Gloria nur auf Reisen gewesen, rauschte von einer Modenschau zur nächsten, wollte alles, nur nicht nachdenken. Sie hatte zwar vorgehabt, sich endlich selbständig zu machen, aber noch hatte sie sich nicht durchringen können. Vor einem Jahr schon hatte sie eigentlich aufhören wollen mit den Modenschauen und dem Modeln, aber sie war noch zu unruhig gewesen nach dem Tod und den Enthüllungen ihrer Mutter, um zu Hause zu bleiben. Aber in den letzten Wochen hatte sie gemerkt, dass sie so nicht mehr weiter leben wollte und sich dazu durchgerungen, ihren Traum endlich zu verwirklichen. Außerdem hatte sie plötzlich Heimweh bekommen. Deshalb verabschiedete sie sich von ihren Freundinnen und dem Laufsteg, diesmal ohne große Feier und fuhr nach Hause, zurück nach Boston.

Auf dem Flug hatte Gloria gemerkt, wie groß in den letzten Tagen die Sehnsucht nach ihrem Zuhause geworden war. Als das Taxi vor ihrem Haus hielt, seufzte sie laut auf. Endlich! Sie schloss die Haustür auf und stellte ihre großen Koffer in die Diele. Sie wünschte sich nichts mehr als dass ihre Mutter und ihr Vater um die Ecke kämen und sie in die Arme nähmen. Aber beide waren nicht mehr da. Sie hängte ihren Mantel an die Garderobe und ging langsam durch die Zimmer. Im Wohnzimmer hatte ihr Vater vor einigen Jahren den großen Kamin einbauen lassen, dazu viele praktische Einbauschränke und das große Panorama-Fenster mit dem herrlichen Ausblick in den Garten. Als ihr Blick auf die etwas verwilderte Hecke und die Unkraut überwucherten Beete glitt, wurde ihr erst bewusst, wie lange sie schon nicht mehr zu Hause gewesen war. Morgen musste sie den Gärtner anrufen und ihn bitten, sobald als möglich ihren Garten wieder zum Blühen zu erwecken.

Als sie ihren Rundgang abgeschlossen hatte, kochte sie sich zuerst einen Kaffee und nahm dann ihre Post in die Hand. Sie setzte sich damit vor den Kamin auf den dicken flauschigen Teppich und sah kurz die Briefe durch. Von den Anwälten Bellings war ein Briefumschlag dabei. Sie legte ihn beiseite: der kam später dran, wenn das ungute Gefühl, das sie bei seinem Anblick überfallen hatte, wieder verschwunden war.

Sie ging in die Küche, stellte ihren leeren Kaffeebecher ab und inspizierte ihre Lebensmittelvorräte. Sie hatte Hunger, das Essen im Flugzeug hatte sie noch nie gemocht. Pasta mit Gemüse und Pesto waren jetzt genau richtig.

Eine Stunde später saß sie wieder vor dem Kamin, gesättigt, ein Glas Wein in der Hand und dachte über ihre Zukunft nach. Sie hatte schon im letzten Jahr einmal mit ihrer Model-Karriere aufhören wollen. Aber dann war ihre Mutter gestorben und sie hatte weiter gemacht. Trotzdem, sie mochte einfach den ganzen Stress und die vielen Reisen nicht mehr, obwohl der Trubel bei den Modenschauen ihr schon fehlen würde. Aber sie hatte Pläne gemacht und wollte nun endlich mit ihrer eigenen Firma beginnen. Der Tod ihrer Mutter und die ganzen Begleitumstände hatten ihre Pläne zwar verzögert, aber nicht verhindert. Mit ihren Kolleginnen hatte sie vor ihrem Abflug kurz mit einem Sekt Abschied genommen vom Laufsteg. Allerdings musste sie ihnen versprechen, dass sie dann alle dabei sein dürften, wenn sie ihre erste große Modenschau inszenierte, um für sie die Kleider vorzuführen.

Gloria nahm den Brief von Bellings in die Hand und nach einigem Zögern öffnete sie ihn. Aber es war nur eine kurze Notiz darin mit der Bitte um einen kurzfristigen Besuch in seiner Kanzlei. Kurzentschlossen nahm Gloria das Telefon auf und machte mit der Sekretärin von Herrn Bellings einen Termin für den nächsten Tag aus.

Pünktlich zur vereinbarten Zeit stand sie am nächsten Tag vor der Kanzlei. Mr. Bellings begrüßte sie herzlich und führte sie in sein Büro. „Wir haben leider seit dem letzten Brief aus Deutschland nichts mehr von dem Privatdetektiv Lothar Abraham gehört. Wie es scheint, ist er nicht zu erreichen, weder über Post noch Telefon. Ich habe mit meinem Kollegen drüben vereinbart, dass ich zuerst Sie fragen werde, was Sie weiter veranlassen möchten, bevor wir etwas unternehmen. Obwohl, wenn ich ganz ehrlich sein soll, denke ich, dass die Kanzlei in Düsseldorf doch erleichtert ist, wenn sie nichts mehr damit zu tun haben werden."

Gloria schaute auf ihre Hände und überlegte kurz. Es war jetzt schon fast Anfang Dezember. Sie hatte sich auf ein paar ruhige Tage zu Hause gefreut und die wollte sie auch genießen. Sie kam zu einem Entschluss und meinte dann: „Ich glaube, ich werde mich Anfang des nächsten Jahres selbst darum kümmern. Ich denke, ich fliege im Januar nach Frankfurt und schaue dort mal, was ich ausrichten kann. Vielleicht kann mir die Polizei ja weiterhelfen. Ich würde auch gerne den Detektiv aufsuchen und persönlich mit ihm reden. Aber ich halte Sie natürlich auf dem Laufenden."

Bellings war froh, dass Gloria die Initiative an sich genommen hatte und direkt mit den zuständigen Behörden und Personen sprechen wollte. Er gab ihr alle ihm vorliegenden relevanten Adressen, von der Anwaltskanzlei in Düsseldorf, den entsprechenden Polizeibehörden in Frankfurt und vor allem aber die Adresse von Lothar Abraham, dem beauftragten und scheinbar verschwundenen Privatdetektiv.

1983 – Januar

Gloria beschloss, Ende Januar für einige Wochen nach Deutschland zu fliegen. Über ein Reisebüro buchte sie den Flug und ein Zimmer für den entsprechenden Zeitraum im Hotel Intercontinental in Frankfurt. Zwei Tage nach Ihrer Ankunft in Frankfurt stand Gloria vor der Tür zur Detektei Lothar Abraham in der Gallusstraße. Auf einem kleinen Klingelschild stand der Name. Sie wartete nun schon ein Weilchen, aber es öffnete niemand. Dann kam jemand heraus und sie schlüpfte durch die Tür. Hatte das Haus von außen schon etwas heruntergekommen ausgesehen, so machte das verschmutzte Treppenhaus mit den nur vereinzelnd funktionierenden Lampen nicht gerade einen einladenden Eindruck. Die Tür zur Detektei war verschlossen. Verwundert schaute Gloria auf ein offizielles Siegel der Polizei, welches diese Tür noch dichter und eindrucksvoller verschloss. Irgendetwas war nicht in Ordnung mit diesem Herrn Lothar Abraham. Unschlüssig stand Gloria vor der Tür, aber dann kam ihr eine Idee. Sie ging die Treppe wieder hinunter und hielt auf der Straße ein Taxi an. Sie wollte ins Polizeipräsidium.

Dort angekommen, bat sie den Beamten am Eingang, ihr doch einen Kollegen von der Kriminalpolizei zu vermitteln, der sie verstehen konnte. Sie sprach leider kein einziges Wort Deutsch, sondern nur ihre Muttersprache Englisch.

Nach ihren längeren Erklärungen in Englisch sah sie der Beamte nur kurz an, dann sagte er ganz langsam: „One Moment." Dann verschwand er aus dem Zimmer. Kurz danach kam er wieder zum Vorschein und meinte wieder: „One Moment." Verdutzt schaute Gloria ihn an, sagte aber nur „Thanks", setzte sich auf einen Stuhl in der Besucherecke und blätterte dort in einer Illustrierten.

Plötzlich räusperte sich eine Stimme neben ihr, sie sah hoch und vergaß den Mund zu schließen. Vor ihr stand ein Bild von einem Mann. Groß, braune Haare, Dreitagebart, sportlich, Mitte dreißig – und von ihm ging eindeutig ein Kribbeln aus. Gloria konnte nicht sagen, wie ihr geschah, sie erhob sich langsam und sah diesen Mann sprachlos an. Seine Augen, diese strahlend blauen Augen, und sein so sinnlicher Mund, der genauso offen stand wie der ihre. Sprachlos hatte er die Hand ausgestreckt, Gloria hatte sie automatisch ergriffen und konnte sie nicht mehr loslassen. Es war wie ein Stromschlag. So standen sie sich eine ganze Zeitlang stumm gegenüber, in den Anblick des anderen vertieft, wie hypnotisiert. Ein Geräusch von draußen unterbrach endlich die Barriere. Der Mann schüttelte sich kurz, lächelte und sagte dann im besten New Yorker Dialekt : „Sie hätten gerne einen Dolmetscher, hier bin ich. Was kann ich für Sie tun? Oh, entschuldigen Sie bitte, ich habe mich noch nicht vorgestellt, mein Name ist Frank Storm, Kriminalhauptkommissar." Er hielt immer noch ihre Hand fest und setzte sich mit ihr, ohne loszulassen, an den kleinen Besuchertisch.

Es schien, als wären ihre Hände zusammengeschweißt durch diesen Stromschlag. Es kribbelte bis in die Fingerspitzen. Endlich konnte sich Gloria aus dem Bann seiner blauen Augen lösen und sie sagte: „Oh, die Entschuldigung ist ganz meinerseits. Ich bin hier, um meine Eltern zu suchen."

Seine Augen verdunkelten sich. „Die Vermisstenabteilung ist im 2. Stock."

„Oh nein, da habe ich mich wohl falsch ausgedrückt. Ich glaube, ich fange ganz von vorne an. Ich bin auf der Suche nach dem Privatdetektiv Lothar Abraham. Der sollte meine Eltern suchen, hat sich aber seit über zwei Monaten nicht mehr gemeldet. Mein Name ist Gloria Walker."

Und dann erzählte sie Frank Storm ihre Geschichte von Anfang an. Sie wusste nicht warum, aber es sprudelte nur so aus ihr heraus. Dieser Mann hatte so etwas Vertrauenserweckendes an sich. Es dauerte über eine Stunde, und Frank Storm hörte zu, ohne sie ein einziges Mal zu unterbrechen. Als Gloria endete, sah sie ihm zweifelnd ins Gesicht. Er sagte immer noch nichts. Immer noch hielt er ihre Hand fest. „Haben sie alles verstanden? Haben Sie Fragen? Können Sie mir überhaupt weiterhelfen?"

Frank Storm erwachte aus seiner Trance, ließ endlich, wenn auch widerstrebend, ihre Hand los und nickte. „Ich glaube, ich kann Ihnen helfen. Kommen Sie einfach mit mir in mein Büro."

Damit führte er sie in sein Büro im ersten Stock, es lag am Ende eines langen Flurs. „Bitte, kommen Sie herein und nehmen Sie hier in dem Sessel Platz. Ich kann ihnen in der Tat mit diesem verschwundenen Detektiv helfen." Dann drehte er sich um, ging zur Tür des angrenzenden Büros und meinte zu einem unsichtbaren Kollegen: „Herr Gallmeyer, können Sie mir bitte die Akte Lothar Abraham aus dem Archiv bringen? Danke! So, Miss Walker, bis mein Kollege wiederkommt, erzähle ich Ihnen, was wir bisher über den Verbleib von Herrn Abraham wissen."

Jetzt war es an Storm, Gloria eine Geschichte zu erzählen. Der Wirt der Kneipe, die Lothar Abraham als sein zweites Zuhause angesehen hatte, war vor zwei Monaten auf einer Polizeistation erschienen und hatte eine Vermisstenanzeige aufgegeben. Fast zeitgleich hatte die Putzfrau von Abraham bei ihnen angerufen und ihn als vermisst gemeldet. Sie wollte endlich ihr Geld haben, aber er war nicht da, schon seit Wochen nicht mehr. Da sie einen Schlüssel zum Büro und der Wohnung von Abraham hatte, ließ sie die Polizei in beide hinein. Doch die Kollegen hatten kein Glück, weder das Büro noch die Wohnung ergaben einen Hinweis, wo sich Abraham aufhalten könnte. Es wurde eine Fahndung herausgegeben, aber diese war bis jetzt erfolglos. Keiner hatte ihn in den letzten acht Wochen gesehen, er war spurlos verschwunden. Die Suche wurde noch durch die Tatsache erschwert, dass alle seine Unterlagen, bis auf die wenigen maschinengeschriebenen Rechnungen, mit der Hand geschrieben waren und nicht entziffert werden konnten. Er hatte alles in einer Art Geheimschrift geschrieben, die keiner lesen geschweige denn entziffern konnte. „Er hat für jeden neuen Fall ein neues Heft angefangen, also auch für Ihren Auftrag. Aber wir können seine Notizen nicht entziffern, deshalb können wir auch nicht herausfinden, wo er eventuell hinwollte. Wir haben nichts gefunden, ihn selbst nicht und auch nicht sein Auto. Lothar Abraham ist wie vom Erdboden verschwunden. Die Fahndung läuft zwar immer noch, aber ansonsten sind die Unterlagen im Archiv gelandet."

Der Kollege kam mit einem Karton in der Hand herein und stellte ihn auf den Schreibtisch vor Frank Storm. Der machte ihn auf und gab Gloria ein Heft in die Hand. Es lag obenauf und darauf stand: „Findelkind". „Das bin ja ich!" rief Gloria überrascht. Sie schlug es auf, schaute auf die seltsamen Schriftzeichen und sah dann Frank Storm verblüfft an. Sie überlegte kurz, dann meinte sie: „Das sieht aus wie eine Art von Stenographie, sicher in Deutsch. Das kann ich leider weder sprechen noch lesen, schon gar nicht als Eilschrift, aber ich weiß vielleicht jemanden, der mir dabei helfen könnte, das zu entziffern!"

„Ach ja? Es gibt hier auch einige gute Leute, die Geheimschriften entziffern können. Dort haben wir schon angefragt, aber man hat uns nicht weiterhelfen können." Frank Storm war skeptisch. Die deutschen Kollegen waren doch auch nicht gerade auf der Brennsuppe daher geschwommen. Er runzelte die Stirn.

„Ich habe eine gute Freundin, sie ist Deutsche und arbeitet bei der UN. Vielleicht hat sie ja Möglichkeiten, auch inoffizielle, diese Geheimschrift entziffern zu lassen. Kann ich vielleicht eine Kopie von der ersten Seite haben? Ich könnte sie ihr faxen." Gloria sah kurz auf die Uhr. „Darf ich das Telefon benutzen?" Als Frank Storm nickte, nahm sie den Hörer ab und wählte eine Nummer in den Staaten. Sie sprach kurz mit einer Olivia. Als sie wieder auflegte, erklärte Gloria, dass ihre Freundin bereit sei, einen Blick auf die Schrift zu werfen. Morgen würde sie sich dann melden. Sie hatte Gloria eine Fax-Nummer gegeben, Frank Storm kopierte die erste Seite aus dem Heft und schickte sie an die angegebene Nummer.

„Was haben Sie jetzt vor, Miss Walker? Wir könnten etwas Essen gehen und dann könnte ich Ihnen das schöne Frankfurt zeigen, die Altstadt, das Mainufer. Es ist zwar kalt, aber die Sonne scheint. Ich hoffe, Sie haben entsprechende warme Bekleidung dabei. "

„Bitte, sagen Sie Gloria zu mir." „Nur, wenn Sie mich Frank nennen." „OK, Frank, Essen gehen ist gut. Aber danach möchte ich eine gemütliche Stadtrundfahrt machen. Auf dem Weg hierher habe ich Busse gesehen, die vom Hauptbahnhof abgehen und Touristen durch die Stadt fahren. Dabei erfährt man viel über einen neuen Ort. Danach kann man sich besser die Ecken aussuchen, die man noch mal im Detail ansehen möchte. Nach dem Essen möchte ich kurz in mein Hotel und mich etwas frisch machen, danach könnten wir uns am Hauptbahnhof treffen.

Das ist nicht weit vom Hotel und ich könnte hinlaufen."

Frank Storm sah sie kurz an und sagte zu. Die Hauptsache, er sah diese aufregende Frau schnell wieder. Er wusste es selbst nicht genau zu erklären, aber in ihrer Nähe stand er unter Strom. So etwas war ihm bei einer Frau bis jetzt noch nicht passiert. Ob es ihr genauso ging?

Eine ganze Woche verbrachte Gloria in Frankfurt mit Sightseeing und abendlichem Ausgehen mit Frank Storm. Sie besuchten das Theater, Kinos, Tanzlokale, Discos, gingen essen und spazieren. Immer Hand in Hand, wie selbstverständlich, mit diesem gewissen Kribbeln. Gloria war unruhig, ungeduldig. Warum meldete sich Olivia nicht?

Dann endlich, nach 7 Tagen, es war ein Montag, erhielt Gloria schon früh morgens im Hotel einen Anruf von ihrer Freundin aus New York. „Ich bin gut!", war das Erste, was sie ihr sagte. „Es hat zwar etwas gedauert, aber ich habe die Schrift geknackt. Irgendetwas war mir bekannt vorgekommen, aber ich habe es dann doch noch einem Kollegen gezeigt. Der war auch der Ansicht, dass es im weitesten Sinne mit Kurzschrift zu tun haben könnte, also eigentlich gar nicht so kompliziert sein dürfte. Und dann ist mir Kommissar Zufall zur Hilfe gekommen. Auf meinem Schreibtisch lag ein großer Kosmetikspiegel, und als ich hinein sah, das Heft vor mir, konnte ich ein paar Zeichen entziffern. Danach haben wir uns alle zusammengesetzt und unsere Kenntnisse in deutscher Stenografie gebündelt. Es ist eigentlich ganz einfach. Es handelt sich hier um deutsche Eilschrift in Spiegelschrift, d.h. von rechts nach links geschrieben. Zugegeben, es sind ein paar selbst erfundene Zeichen dazwischen, aber man kann im Zusammenhang herausfinden, was sie bedeuten. Ich faxe Dir die Übersetzung der Seite an die Nummer, die Du mir gegeben hast."

„Du bist wirklich klasse, ich wusste doch, Du bist die Beste. Vielen Dank! Aber es gibt da ein kleines Problem. Es sind zwei fast volle Hefte in dieser Geheimschrift. Ich kann kein Steno, schon gar nicht in Deutsch. Könntest Du die eventuell übersetzen? Du musst das nicht umsonst machen. Weißt Du, es geht um die Suche nach meinen leiblichen Eltern. Der Detektiv, der auf der Suche war, ist jetzt verschwunden und hat nur diese beiden Hefte mit den Ergebnissen seiner Nachforschungen hinterlassen. Vielleicht steht ja darin, wo er hinwollte, damit die Polizei gezielt nach ihm suchen kann. Ich weiß ja auch, dass Du wenig Zeit hast und dafür Deine Freizeit opfern müsstest. Bitte, sag ja!"

Nach einer kurzen, aber heftigen Diskussion über die Bezahlung erklärte sich ihre Freundin endlich bereit, die beiden Hefte zu übersetzen. „Allerdings wird das etwas dauern, ich habe im Moment sehr viel zu tun und kann mich nur am Wochenende darum kümmern."

„OK, ich werde wohl dann doch früher zurückfliegen und erst wieder hierher kommen, wenn Du fertig bist. Ich könnte natürlich auch über New York fliegen und Dir alles erzählen, was mit diesen Heften zusammenhängt. Ruf mich an, wenn Du fertig bist, dann komme ich auf meinem Weg nach Deutschland bei Dir vorbei und wir können bei dieser Gelegenheit reden." Ihre Freundin stimmte zu und Gloria legte auf.

Am nächsten Morgen telefonierte Gloria vom Hotel aus kurz mit Frank Storm. Sie berichtete ihm von den Ergebnissen ihrer Freundin, wie sie mit ihr verblieben war und dass sie jetzt doch wieder zurückfliegen wollte. Sie merkte, wie er stutzte. „Hat das etwas mit dem Kuss zum Abschied gestern Abend zu tun? War ich zu aufdringlich?" Sie hörte die Trauer aus seiner Stimme heraus und überlegte kurz, was sie antworten sollte. Sie musste ihm unbedingt vor dem Abflug etwas über ihre eigenen Gefühle sagen. Sie gab sich einen Ruck; ehrlich zu sein war immer noch das Beste: „Nein, ganz bestimmt nicht. Ich spüre noch immer das Kribbeln, den Druck deiner Lippen. Bitte, das hat nichts mit dir zu tun. Glaub mir, ich fühl doch genauso." Die letzten Worte waren nur noch ein Flüstern, so als traute sie sich selbst nicht ganz. Frank hatte es kaum verstanden, merkte aber, wie traurig auch sie war. Es ging ihr also genauso wie ihm. Er atmete tief ein und aus. Ja! Sie war es, seine Zukunft. Gloria versprach ihm, sich sofort zu melden, wenn sie etwas Neues wüsste. Beide tauschten ihre Telefonnummern und Adressen aus, sowohl privat als auch geschäftlich.

Als sie zum Flughafen fuhr, fühlte Gloria sich irgendwie unvollkommen. Am liebsten würde sie wieder umkehren, sie wusste, was ihr fehlte: Er, Frank! Sie hatte endlich ihren Seelenpartner, ihr

Gegenstück, den Mann ihrer Träume gefunden. Ob es ihm genauso ging? Sie musste an ihre Eltern denken, wenn sie das doch nur noch hätten miterleben können.

Als Gloria endlich zu Hause in Boston angekommen war, kam ihr das kleine Haus so unendlich leer vor. Aber kaum hatte sie die Koffer abgestellt und Wasser für einen Tee aufgesetzt, da klingelte ihr Telefon. Als sie seine Stimme hörte, machte ihr Herz einen Sprung. Ob es ihm genauso ging? Als sie nach einer Stunde endlich den Hörer auflegte, wusste sie es. Sie lächelte. Es ging ihm genauso!

1983 – März

Mitte Februar rief ihre Freundin Olivia aus New York an. „Ich bin fertig. Soll ich dir die Unterlagen nach Hause schicken oder werden sie in Deutschland gebraucht?"

„Bitte schick sie mir nach Hause, hierher nach Williamsburg. Ich wäre ja gerne selbst bei Dir vorbeigekommen, dann hätten wir uns mal wieder persönlich gesehen. Aber ich kann im Moment noch nicht hier weg hier. Ich nehme sie dann mit, wenn ich in vier Wochen wieder rüber nach Deutschland fliege. Steht denn etwas Wichtiges drin in den beiden Heften, woraus hervorgeht, wer meine leiblichen Eltern sind?" Gloria hielt den Atem an.

„Nein, leider nicht. Aber lies es selbst durch. Dieser Typ war nicht gerade sehr organisiert mit seiner Arbeit."

„Ich danke dir vielmals, Olivia. Vergiss deine Rechnung nicht beizulegen! Ich weiß nicht, wie ich das jemals wieder gutmachen kann. Aber ich halte dich auf jeden Fall auf dem Laufenden über meine Geschichte. Wenn ich aus Deutschland wieder zurück bin, besuche ich dich in New York."

Gloria hatte noch nicht richtig aufgelegt, da klingelte es an der Tür. Als sie öffnete, stand ihre Freundin Jenny mit ihrem kleinen Baby da. Die süße Rosie war jetzt schon fast 10 Wochen alt. „Wo warst du denn die ganze Zeit? Warum hast du nichts von dir hören lassen? Ich hab mir solche Sorgen gemacht." Mit diesen Worten stürmte Jenny durch die Tür.

Gloria brühte einen Tee auf und dirigierte Jenny ins Wohnzimmer, wo ein warmes Kaminfeuer flackerte. Während Jenny ihren Tee schlürfte, nahm Gloria ihr die kleine Rosie ab und wiegte sie in den Armen. Dabei erzählte sie Jenny, was sie in den letzten 6 Wochen gemacht hatte, was sie in Deutschland alles erlebt hatte. Jenny wollte jedes Detail wissen. Nachdenklich schaute sie Gloria an, dann meinte sie grinsend: „Meine Liebe, du bist eindeutig verliebt. Wie hoch ist denn deine Telefonrechnung inzwischen?"

Jenny kannte sie nur zu gut. „Ich will alles wissen, jedes kleinste Detail. Wie sieht er aus, was arbeitet er, was habt ihr so zusammen getrieben? Nun erzähl schon." Gloria wurde rot, aber dann erzählte sie Jenny von ihrer Reise nach Deutschland, von diesem wahnsinnig gutaussehenden Kriminalkommissar, von dem verschwundenen Privatdetektiv, warum sie wieder nach Frankfurt musste. Nur von ihren Gefühlen, dem Kribbeln, erzählte sie ihr nichts, noch nicht. Das hatte noch Zeit.

Gloria hatte die ganze Zeit die kleine Rosie im Arm, die leise fröhlich vor sich hin gluckste und mit ihren Händchen spielte. Aus Frankfurt hatte sie ihr einen rosa Strampelanzug mit einer süßen Jacke und ein rosa Kuscheltier mitgebracht. Jenny hatte gerade bestätigt, dass jetzt, da Gloria wieder aufgetaucht sei, endlich die Taufe von Rosie stattfinden könnte, bevor Gloria wieder verschwinden würde, schließlich sollte sie ja die Patentante von Rosie sein.

Gloria nickte, sie würde so schnell es ging, danach wieder nach Deutschland fliegen. Gleich nachher würde sie den Flug und das Hotel buchen, dann brauchte sie heute Abend nur noch die Daten an Frank weiterzugeben. Sie schmunzelte still vor sich hin. Sie hatten ziemlich oft miteinander telefoniert in diesen Wochen. Ihre Telefonrechnung war ganz schön in die Höhe geschnellt. Aber das war es ihr wert.

Gloria brauchte nicht lange, um die Übersetzungen der beiden Hefte durchzulesen. Wie ihre Freundin schon gesagt hatte: Es stand zwar drin, wo er überall nachgefragt hatte, aber letztendlich nicht, wer ihre leiblichen Eltern waren und was mit ihnen passiert war. Das hatte er noch nicht herausfinden können. Eine Liste mit verschiedenen Namen hatte er aufgeschrieben, aber nicht, in welchem Zusammenhang diese zu seiner Suche standen. Sie musste das alles mit Frank besprechen. Noch heute Abend würde sie bei ihm anrufen und ihm die Übersetzungen ihrer Freundin vorlesen. Dann konnten sie weitere Schritte überlegen und vielleicht sogar schon veranlassen. Ein neuer Detektiv musste dort weitermachen, wo der letzte aufgehört hatte. Also die Namen überprüfen und die Personen nochmals ausfindig machen. Bestimmt kannte Frank eine gute Detektei, die diese Arbeit übernehmen könnte.

1983 – April

Gloria hatte über ein Reisebüro ein Appartement außerhalb von Frankfurt angemietet, vorerst für ca. 8 Wochen, mit der Option auf Verlängerung. Sie wollte so lange bleiben, bis die ganze Suche nach ihren leiblichen Eltern abgeschlossen war – oder aber aufgegeben werden musste. Außerdem, und da machte sie sich nichts vor, wollte sie die Zeit nutzen, um herauszufinden, ob ihre Gefühle für Frank Storm so groß waren, wie sie es sich wünschte, und was er für sie empfand. Ob es vielleicht wirklich die ganz große ……? Sie wagte es nicht, den Gedanken zu Ende zu denken.

Frank holte sie am Flughafen ab mit einem großen Strauß Blumen in der Hand. Als sie sich nach so langer Zeit wieder gegenüber standen, fiel jeder Zweifel von Gloria ab. Sie spürte das Knistern, das zwischen ihnen beiden immer noch bestand, das Kribbeln im Bauch, das unsichtbare Band, das sie magnetisch zueinander anzog. Frank zog sie mit seiner freien Hand zu sich und küsste sie zärtlich. Gloria legte ihre Arme um seinen Hals und schmiegte sich an ihn. So standen sie lange mitten in der Menschenmenge am Flughafen und wollten sich gar nicht mehr voneinander lösen. Als sie endlich ein paar Zentimeter voneinander abrückten, ohne sich loszulassen und sich in die Augen sahen, nickten beide wie zur Bestätigung. Frank hob Gloria hoch und wirbelte sie einmal um sich herum. „Ja!" rief er so laut durch die Halle, dass alle Menschen in der

Umgebung sich nach ihnen umdrehten. Er strahlte Gloria an. Dann sagte er ihr ganz leise ins Ohr: „Ich liebe dich!" Gloria war sich nicht sicher, ob sie bei dem vielen Lärm hier in der Flughafenhalle richtig gehört hatte, aber sie flüsterte auch in sein Ohr: „Ich glaube, ich dich auch!"

Strahlend hielten sie sich an den Händen und gingen zum Gepäckband. Nachdem sie die Koffer geholt hatten, fuhr Frank sie zu ihrem Appartement in Buchschlag. Es lag in der Nähe des Bahnhofs, sodass Gloria mit dem Zug nach Frankfurt zum Hauptbahnhof fahren konnte.

„Ich möchte heute Abend mit dir essen gehen, dann ein bisschen bummeln oder tanzen, wie du magst, wenn du nicht zu müde vom Flug bist. Morgen Vormittag treffen wir uns bei mir im Polizeipräsidium. Dort möchte ich dir einen Freund vorstellen. Er ist Privatdetektiv und könnte die weitere Suche übernehmen. Ich habe ihn schon gefragt, ob er überhaupt Zeit hat. Hoffentlich bist du damit einverstanden. Was meinst du?"

Gloria sah Frank verträumt an. „Essen gehen heute ist OK, etwas bummeln auch. Aber tanzen, dazu bin ich heute zu müde. Ein andermal bestimmt. Aber morgen Nachmittag könnten wir noch mal mit der Straßenbahn durch die Stadt fahren, sozusagen eine Stadtführung ganz privat. Hättest du Zeit dafür?"

Frank hatte schon ein paar Tage Urlaub eingereicht, sowie er von Glorias Rückkehr gehört hatte. Also hatte er Zeit. Er nickte. „Ich hole dich morgen früh um 10 Uhr am Hauptbahnhof ab. Aber jetzt gehen wir erst mal so richtig schön aus." Immer noch hielt er Glorias Hand fest in seiner eigenen Hand. Er konnte sie einfach nicht loslassen. Dieses Gefühl, wieder vollständig zu sein, hatte er noch nie gehabt. Oh Mann, oh Mann, wo wird das nur hinführen? Er wusste die Antwort längst, aber sie mussten sich doch erst noch besser kennenlernen, oder?

Den Abend verbrachten sie unbeschwert und mit gutem Essen, vielen Geschichten aus ihrem Leben und vielen kleinen Zärtlichkeiten. Als Frank Gloria später zu ihrem Appartement brachte, zog sie ihn langsam mit hinein und schloss die Tür hinter ihm.

Nach einer viel zu kurzen Nacht verließ Frank leise die Wohnung und fuhr zur Arbeit nach Frankfurt. Die Lichter in den Straßen gingen gerade aus und es wurde langsam hell. Gegen 10 Uhr holte Frank Gloria am Bahnsteig im Hauptbahnhof ab, wie versprochen, und ging mit ihr die kurze Strecke zum Präsidium. „In einer halben Stunde kommt Heribert Koschinski. Er ist Inhaber der Detektei „Adlerauge" und seit vielen Jahren ein guter Freund von mir. Er war früher selbst bei der Polizei und hat mich damals als junger Kommissar sozusagen unter die Fittiche genommen und mir viel beigebracht. Er ist für mich der beste Privatdetektiv, den ich kenne. Ich schlage vor, wir legen ihm die alte Akte von Lothar Abraham vor, damit er sich ein Bild machen kann. Damit meine ich auch die Übersetzungen, die du mitgebracht hast. Danach kann er uns sagen, ob er den Fall übernehmen will oder nicht."

Als Heribert Koschinski das Zimmer betrat, sah sich Gloria einem älteren Mann mit grauen Haaren, lustig blitzenden braunen Augen, einem markanten Gesicht und mit Anzug und Krawatte bekleidet gegenüber. Er war ihr auf Anhieb sympathisch. Außerdem stellte sich heraus, dass er sehr gut Englisch sprach.

„Frank hat mir schon das Wichtigste erklärt. Ich glaube, ich werde mir erst mal die Unterlagen ansehen, die mein verschwundener Kollege hinterlassen hat." Damit nahm er die Akte und blätterte sie neugierig durch. Dann sah er sich die beiden Hefte und die entsprechende Übersetzung an. Frank stellte ihm zwischendurch eine Tasse Kaffee auf den Tisch und unterhielt sich dann weiter leise mit Gloria. Nach kurzer Zeit klappte Koschinski die Unterlagen zusammen und blickte Gloria und Frank an. „Ich glaube schon, dass ich euch helfen kann. Wenn ihr nichts dagegen habt, möchte ich die Unterlagen übers Wochenende mitnehmen und nochmal alles genau durchlesen. Abraham hat zwar keine genauen Bezugspersonen aufgeführt, aber anhand der Ortsbeschreibungen, den Ergebnissen der Archivsuche und dieser Namensliste müsste ich doch damit etwas anfangen können. Ich würde sagen, ich melde mich am Montag oder Dienstag wieder, da habe ich das ganze Wochenende Zeit, einige Nachforschungen anzustellen." Damit verabschiedete sich Heribert Koschinski kurz mit einem Nicken von Frank und Gloria und ging.

Das alles hatte kaum zwei Stunden gedauert. Gloria blickte Frank an. „Das war alles?", fragte sie ihn. „Oh, lass dich nicht täuschen. Koschinski ist immer etwas kurz angebunden. Aber er hätte es gesagt, wenn er keine Möglichkeit für weitere Ermittlungen gesehen hätte. Glaub mir, Koschinski ist sehr gewissenhaft, gründlich und ein sehr guter Freund, aber er hält nicht viel von Smalltalk."

Nach einem gemütlichen Essen im Brauhaus hinter dem Dom zeigte Frank Gloria den Römer und die Paulskirche, den Dom und die Altstadt drum herum. Danach schlenderten sie gemütlich Hand in Hand über die Neue Kräme zur Zeil, der Haupteinkaufsstraße von Frankfurt. An der Liebfrauenkirche bog Gloria nach rechts ab, bewunderte dort die Auslage in einem Schuhgeschäft, ging langsam weiter zum benachbarten Schmuckladen und zog Frank an der Hand immer weiter mit sich. Während Frank noch die Ringe in der Auslage bewunderte und dabei einen Blick zu Gloria warf, entdeckte diese auf der gegenüberliegenden Straßenseite einen kleinen Laden, der sie magnetisch anzog. „Komm, dort will ich reingehen." Damit zog sie Frank über die Straße. Als dieser die Begeisterung auf ihrem Gesicht sah, fügte er sich in sein Schicksal. Bevor sie den Laden betraten, sah er kurz in die Auslage: Knöpfe, Borten, Spitze. In diesen Laden wäre er freiwillig nie hineingegangen. Hier gab es alles, was das Schneider- und Handarbeitsherz begehrte. Gloria staunte und hatte glänzende Augen wie ein Kind zu Weihnachten. Sie drückte Frank einen Korb in die Hand und ging an den Regalen entlang. Ab und zu legte sie etwas in den Korb. Frank ging hinter ihr her und beobachtete sie genau. Faszinierend, dachte er, diese Begeisterung. Sie schien allen Kummer vergessen zu haben. Als sie nach einer Ewigkeit, wie ihm schien, endlich wieder nach draußen gingen, trug Frank eine große Tüte und Gloria strahlte ihn mit ihren großen Augen begeistert an. All die eingekauften Knöpfe, Bänder, Borten und Verschlüsse würde sie in ihre Kollektion einarbeiten, die sie zwischendurch entwarf, wann immer sie zu Hause war, manchmal sogar unterwegs. Sie hatte Frank davon erzählt und er schien alles wunderbar zu finden, was sie tat. Er hatte ihr jetzt sogar geholfen, einige Teile auszusuchen. Vielleicht wusste er ja, ob es hier in der Nähe noch mehr solcher Schatzläden gab. Gerade als sie das dachte, kamen sie an einem orientalischen Stoffladen vorbei. „Oh, da muss ich einfach reingehen. Das sieht interessant aus. Kommst du mit?" Aber diesmal wollte Frank doch lieber draußen warten. Aber er konnte Gloria beobachten, wie sie mit viel Gestik und Mimik einige Stoffe aussuchte und abmessen ließ. Durch das Fenster sah sie, dass er sie beobachtete und lächelte ihn an. Dann kam sie mit einer weiteren großen Tüte heraus, die er ihr abnahm. „Dafür habe ich aber heute Abend eine große Belohnung verdient!", meinte er lächelnd zu Gloria.

„Gut, gehen wir heute Abend doch erst essen und dann zum Tanzen. Danach, wer weiß? Wie wäre es mit frühstücken?" Gloria tänzelte übermütig an seiner Seite.

Frank küsste sie zur Bestätigung. Dann schlenderten sie weiter über die Zeil bis zur

Konstabler Wache. „Das Essen erledigen wir gleich auf dem Weg. Hier gibt es die beste Fleischwurst in ganz Frankfurt, die musst du probieren." Damit zog er sie in eine Metzgerei mit einer Imbiss-Ecke. Die Wurst schmeckte Gloria. Als beide fertig waren, fuhren sie zurück zum Präsidium. „Wir nehmen mein Auto, ich bring dich und deine Schätze damit nach Buchschlag. Dann können wir von dort aus zum Tanzen fahren."

Später am Abend fuhr Frank mit Gloria in Richtung Messegelände und führte sie dort in die angesagte Diskothek „Music Hall" in der Voltastraße. Gloria trug ein eng anliegendes Glitzerkleid und hohe Absatzschuhe. Frank hatte sich auch umgezogen, Anzug mit Krawatte, er hatte es gestern vorsichtshalber schon in den Kofferraum gelegt. Der Türsteher winkte sie durch. Die Besucher glänzten alle mit Abendgarderobe, große Discokugeln glitzerten an der Decke und überall im Saal glitzerten tausend Lichter in den großen Spiegelplatten.

Als sie im großen Saal ankamen, wurde Frank von mehreren Männern wie ein alter Bekannter begrüßt. „Lang nicht mehr gesehen, Herr Kommissar!" Dabei schlug ihm ein elegant gekleideter Mann auf die Schulter. „Gloria, darf ich dir einen der Besitzer dieses Etablissements vorstellen?" Gloria grüßte höflich, lehnte sich an Franks Schulter und war überwältigt von den Eindrücken. „Um Mitternacht gibt es eine Laserschau, das ist einmalig hier." Frank führte sie zu einem Tisch am Rande der Tanzfläche, er bestellte die Spezialität des Hauses für sie beide und führte Gloria zur Tanzfläche. Eng umschlungen tanzten sie zur leisen Musik. „Was ist die Spezialität des Hauses?" fragte Gloria leise. „Ein Cocktail, Southern Comfort mit Apfelsaft, schmeckt und riecht wie Gummibärchen. Lecker. Aber es gibt nur einen. Mehr ist zu viel. Der hat es in sich!" Es wurde ein wunderschöner Abend. Lange nach Mitternacht verließen sie engumschlungen die Diskothek. Frank brachte Gloria zurück in ihr Appartement und blieb.

1983 – Mai

Die Ermittlungen von Heribert Koschinski dauerten an. Gloria fühlte sich wohl in Frankfurt und Frank Storm konnte es sich nicht mehr vorstellen, ohne sie zu sein. Sein Urlaub war längst vorüber und seine Arbeit nahm ihn manchmal stark in Anspruch. Aber jeden Tag freute er sich auf die Stunden, die er mit Gloria verbringen konnte. Immer öfter blieb sie bei ihm in seiner Drei-Zimmer-Wohnung in der Friedberger Anlage. Von dort aus konnte sie zu Fuß in die Innenstadt laufen oder aber mit der U-Bahn zum Hauptbahnhof fahren. Natürlich hatte er schon gemerkt, dass sie sehr selbständig und vor allem unternehmungslustig war. Während er auf dem Revier war und, wie sie sagte, Verbrecher jagte, unternahm sie ausgedehnte Fahrten mit S-Bahn, U-Bahn, Straßenbahn, soweit sie mit einem Tagesticket kam. In den Wochen, die sie jetzt in Frankfurt war, hatte sie mehr von der Stadt gesehen, als er in den letzten 20 Jahren.

„Gloria, Darling, heute ist ein ganz besonderer Feiertag für die Einwohner Frankfurts!" „Was meinst du damit?" „Heute ist Wäldchestag." Er sprach dieses Wort in Frankfurter Dialekt aus. Gloria versuchte, es nachzusprechen. Es gelang ihr nicht sofort. „Komm, zieh dir was über, wir fahren mit der Straßenbahn zur Rennbahn." Gloria war neugierig auf das, was Frank jetzt vorhatte. Als sie dort ankamen, mussten sie noch eine kurze Strecke zu Fuß laufen, wie Hunderte andere Menschen mit ihnen auch. Gloria staunte und Frank erklärte: „Der Wäldchestag ist ein Volksfest hier im Wald. Hier wird gegessen, getrunken, geschossen, gespielt, du kannst Karussell fahren oder mit dem Riesenrad. Ja, damit fahren wir erst mal." Schon zog er Gloria zu dem Riesenrad und stieg mit ihr ein. Von oben hatten sie einen wunderbaren Blick über ganz Frankfurt. Gloria war begeistert. Danach bummelten sie zwischen den Buden herum, an der Losbude gewann Frank einen großen Teddybär, den er Gloria in die Arme drückte. Sie strahlte wie ein kleines Kind, drückte den Bären an sich und Frank einen dicken Kuss auf die Lippen. „Danke!" Sie hüpfte und tänzelte an seiner Seite. So froh und glücklich hatte sie sich schon lange nicht mehr gefühlt. Alle Sorgen über die Nachforschungen nach ihren Eltern waren in den Hintergrund gerückt. Sie genoss diese unbeschwerten Stunden.

Obwohl sie bequeme Schuhe anhatte, spürte sie ihre Füße nach ein paar Stunden Herumlaufen. Sie setzten sich an einen Tisch, der unter den Bäumen stand und Frank holte für sie beide etwas zum Essen und Trinken. Auf dem Rückweg zur Straßenbahnhaltestelle zeigte er Gloria noch das Gebäude des Schützenvereins. Dort schoss er für sie zum Andenken an diesen schönen Tag einen kleinen Original-Frankfurter-Wäldchestag-Bembel, einen kleinen grau-blauen Krug aus Steingut. Als sie spät am Abend endlich zurückfuhren, hielt Gloria in dem einen Arm den großen Teddybären fest umschlungen, während sie sich in den Arm von Frank schmiegte und den Kopf müde an seine Schulter legte.

1983 – Juni

„Ich komme gut voran. Aber meine Leute und ich brauchen noch ein bis zwei Wochen, bis wir Genaueres berichten können." Das war alles, was sie inzwischen von dem Privatdetektiv Heribert Kroschinski telefonisch gehört hatten. Sie sollten sich gedulden.

Gloria war mehr als ungeduldig. Warum brauchte der Mann nur so lange für seine Nachforschungen? So schwer konnte es für ihn nun wirklich nicht sein. Das war doch schließlich sein Beruf, oder nicht? Frank Storm gab sich alle Mühe, sie von ihren Sorgen abzulenken. Er schlug ihr vor, mit ihr nach Dreieichenhain zu fahren, um ihr die Stelle zu zeigen, wo sie damals von ihrem Adoptiv-Vater gefunden worden war. Aber Gloria war noch nicht bereit dazu. Sie hoffte, Kroschinski würde bald herausfinden, wer ihre leiblichen Eltern waren und was mit ihnen passiert war.

Sie konnte nicht wissen, dass Kroschinski doch schon Einiges herausgefunden hatte und diese Ergebnisse bereits seinem Freund Storm mitgeteilt hatte. Aber beide hatten entschieden, dass Gloria die gesamte Geschichte erst erfahren sollte, wenn alle Details geklärt waren. Und dafür war noch eine Menge Laufarbeit nötig. Noch konnte das Wichtigste nicht aufgeklärt werden.

Deshalb versuchte Frank erst einmal, Gloria abzulenken und aufzuheitern und jeden Tag mit ihr etwas zu unternehmen. Sie fuhren auf den Feldberg im Taunus, in den Opel-Zoo, besuchten die Saalburg und den Limes. Abends gingen sie zum Tanzen, manchmal auch zum Essen. Am letzten Wochenende führte er sie in das wunderschöne Tanzlokal „Onkel Toms Hütte" aus. Hier gab es eine ausgezeichnete Küche und ein wunderschönes Tanzlokal mit Live-Musik.

Sie verstanden sich prima, konnten über die gleichen Dinge lachen, hatten einen ähnlichen Musikgeschmack. Frank bewunderte ihren Ehrgeiz, mit dem sie sich ihrer Karriere und ihrem Studium gewidmet hatte. Nie hatte sie ihr Ziel einer eigenen Modelinie aus den Augen verloren. Wenn er zufällig einmal abends alleine in seiner Wohnung war, dachte er darüber nach, wie es mit ihnen weitergehen sollte. Gloria war fest verwurzelt in ihrer Heimat Boston. Er dagegen hatte auch schon einmal in Amerika gelebt, damals mit seinen Eltern. Erst als sein Vater gestorben war, hatte sich seine Mutter für ein Leben mit ihm in ihrer Heimat Deutschland entschieden. Was hielt ihn also davon ab, wieder zurück nach Amerika zu gehen? Vielleicht war es möglich, dass er in Boston eine Stelle in seinem Beruf bekam? Er entschied sich, schon mal die Fühler auszustrecken.

Eines Abends gestand Gloria ihm, dass sie sich ein Leben ohne ihn nicht vorstellen könne. Trotzdem war da ein Zögern in ihrer Stimme. Er wusste genau, was sie meinte: „Ich kann dich so gut verstehen, Darling. Mir geht es doch genauso. Ohne dich fühle ich mich leer, ich liebe dich. Aber wir brauchen doch nichts zu überstürzen. Ich bin zuversichtlich, dass wir eine Lösung finden für eine gemeinsame Zukunft über die Meere hinweg."

Als Frank es aussprach, wurde ihm bewusst, was er da gerade gesagt hatte. Das bedeutete für ihn einen neuen Lebensabschnitt. Gloria lebte in den Staaten und er hier. Aber er konnte wohl leichter wieder zurück als Gloria hierher nach Deutschland. „Lass uns darüber jetzt noch nicht sprechen, Liebes. Erst einmal wollen wir doch deine Wurzeln finden." Gloria konnte nur nicken. Sie war sprachlos. Die Gedanken wirbelten nur so durch ihren Kopf. Er dachte über eine gemeinsame Zukunft nach, mit ihr. Er liebte sie. Oh ja, sie liebte ihn auch, mehr als sie jemals gedacht hätte lieben zu können. Ihr Herz schlug bis zum Hals. Nach ein paar tiefen Atemzügen beruhigte sie sich langsam. „OK, lass uns erst mal abwarten, was dein Freund herausfindet. Dann können wir weitersehen. Bis dahin stellen wir alle Fragen und Gespräche über eine gemeinsame Zukunft hintenan." Frank nickte zustimmend, dann küsste er sie zärtlich. Er dachte schon lange über ein gemeinsames Leben mit Gloria nach und wusste, dass er sie bald fragen würde, ob sie ihn heiraten wolle. Bald.

1983 – Juli

Nach 3 Wochen hatten Heribert Kroschinski und seine Mitarbeiter die Ermittlungen und die Aufzeichnungen von Lothar Abraham entschlüsselt und aufgearbeitet.

Er hatte die auf der Liste von Abraham aufgeführten Namen zuordnen können und die gewonnenen Erkenntnisse Stück für Stück aneinandergereiht. Alle Wege hatten ihn und sein Team zu zwei Familien geführt. Beide Familien hatten damals 1954 in Dreieichenhain gewohnt. Einmal handelte es sich um die Flüchtlingsfamilie Müller, die bei einer Familie Pfeifer bzw. Baier wohnte. Es hatte intensives Nachfragen bei offiziellen Behörden bedurft, um letztendlich festzustellen, dass diese Flüchtlingsfamilie im Jahre 1954 von der Familie Pfeifer bei der Polizei als verschwunden gemeldet worden war, dass sie aber letztendlich wieder in die alte Heimat in Ostdeutschland zurückgekehrt waren, bevor die Mauer gebaut wurde. Dann hatten sie nach dem Verbleib der Familie Pfeifer geforscht. Diese Familie bestand aus den Eltern und zwei Söhnen. Fritz Pfeifer hatte nach dem Krieg eine Magdalena Baier geheiratet, sie hatten einen Sohn, Johannes, geb. 1949, und eine Tochter Sophie, geb. 1954. Der andere Sohn Walter war mit einer Dora geb. Knobelbach verheiratet, sie hatten zwei Söhne. Die Eltern besaßen eine Kohlehandlung in Langen, die nach dem Tod des Vaters an Walter überging. Der

Vater von Magdalena Baier starb im Krieg, die Mutter verstarb 1954. Danach beantragten Magdalena und Fritz Auswandererpapiere nach Kanada.

Heribert Koschinski versuchte herauszufinden, wo die Auswandererfamilie abgeblieben war. Wie sich dabei herausstellte, war eine Familie dieses Namens zu der damaligen Zeit niemals in Kanada eingereist. Also forschte er weiter nach Angehörigen der Familie Baier und der Familie Pfeifer und erfuhr, dass die Auswanderer vor ihrer Abreise das Elternhaus von Magdalena Pfeifer geb. Baier an eine Kusine mütterlicherseits verkauft hatten. Die Tochter dieser Kusine, welche noch in den 50er Jahren an Krebs gestorben war, wohnte noch immer in diesem Haus.

„Nun, das sind also die Ergebnisse, die mein Team und ich bis jetzt herausgefunden haben. Außerdem hatte bereits Lothar Abraham weitere Informationen über den Verbleib der Familie Walter Pfeifer notiert, die wir schon seit einigen Tagen prüfen. Ein Mitarbeiter von mir ist heute noch auf dem Weg zu einer zuständigen Behörde und wird mir morgen abschließend berichten. Dann ist mir eine kurze Notiz in Abrahams Aufzeichnungen ins Auge gefallen über einen Skelettfund im Jahre 1968 im Burgweiher von Dreieichenhain. Er glaubte wohl, hier einen Zusammenhang zu sehen mit den verschwundenen Personen. Die Knochenfunde werden hier im Archiv aufbewahrt. Ich würde vorschlagen, dass Sie, Miss Walker, hier bei der Polizei einen DNA-Test machen lassen zum Vergleich mit diesen Knochen."
Koschinski hatte seinen Vortrag ziemlich emotionslos

gehalten, doch als er jetzt von seinen Aufzeichnungen aufblickte, konnte Frank so etwas wie Mitgefühl in seinen Augen erkennen. Gloria war bleich geworden und knetete ihre Hände. Mit großen Augen schaute sie Frank an, der sofort seine Hand über ihre Hände legte und beruhigend mit dem Daumen darüberstrich.

Gloria stand auf und ging unruhig im Zimmer auf und ab. Frank ging ihr hinterher und nahm sie kurz in den Arm. Dann meinte er: „Wenn die DNA der gefundenen Knochen mit deiner übereinstimmt, dann bedeutet das höchstwahrscheinlich, dass dort deine Eltern gelegen haben."

„Oh, ich habe da noch etwas herausgefunden!", meinte Koschinski. „Ich würde Sie gerne mit dieser Hausbewohnerin bekannt machen. Sie hat mir zwei Fotos gezeigt von der Verlobung von Fritz und Magdalena und von deren Hochzeit. Außerdem hat sie zwei Postkarten und einen Brief, angeblich von diesen beiden aus Kanada. Leider existiert keine weitere Schriftprobe, um zu prüfen, ob die Post echt ist. Aber die Fotos sollten Sie sich auf jeden Fall ansehen."

„OK, dann fahren wir doch gleich morgen früh nach Dreieichenhain. Sicher können Sie eine Uhrzeit vereinbaren." Gloria war schrecklich aufgeregt. Vielleicht würde sie dann erfahren, wer ihre Eltern waren. Hilfesuchend sah sie sich nach Frank um. Sofort war er an ihrer Seite und nahm sie in den Arm. Natürlich würde er sie begleiten.

Am nächsten Morgen fuhr Frank mit Gloria und Koschinski nach Dreieichenhain. Als Gloria der Hausbewohnerin gegenüberstand, schlug diese vor Erstaunen die Hand vor den Mund. Dann besann sie sich und führte die drei ins Haus. Sie holte ein Fotoalbum heraus. „Hier, sehen Sie, das sind die Kusine meiner Mutter, Magdalena Baier und ihr Verlobter Fritz Pfeifer. Das Foto wurde am Tag ihrer Verlobungsfeier aufgenommen. Und das hier ist das Hochzeitsfoto. Sie sehen aus wie Magdalena. Die Haare, das Gesicht, genauso. Das kann nur Ihre Mutter sein. Deswegen war ich auch so überrascht, als ich Sie sah." Erschüttert hielt Gloria das Foto in den Händen. Frank und Koschinski schauten über ihre Schultern auf das Bild. „Das bist du!" Frank war ebenso erschüttert. Schnell legte er seinen Arm um Gloria, um sie zu beruhigen. „Dann bin ich also die Tochter von Magdalena und Fritz Pfeifer. Aber wo sind meine Eltern? Was ist mit ihnen passiert?"

„Sie hatten auch noch einen Bruder, Johannes. Außer diesen beiden Postkarten und dem Brief hier hat meine Mutter kein weiteres Lebenszeichen mehr von Ihren Eltern bekommen. Vielleicht weiß ja der Bruder von Fritz Pfeifer mehr. Allerdings gab es damals einen Skandal um das Geschäft und seine Familie. Genaueres weiß ich leider nicht. Auch nicht, wo er und seine Familie abgeblieben sind. In Langen leben sie jedenfalls nicht mehr."

„Meine Mitarbeiter sind an der Sache dran. In den nächsten Tagen müssten wir mehr darüber wissen." Koschinski war sich sicher, bald die ganze tragische

Geschichte dieser Familie und dadurch auch dieser jungen Frau herausgefunden zu haben.

Beim Abschied versprach Gloria, sich wieder zu melden und schrieb ihre Adresse in Boston auf einen Zettel, den sie der jungen Frau gab. Draußen vor dem Tor wandte sich Gloria zu Frank. „Ich glaube, ich möchte jetzt den Burgweiher sehen, wo ich damals gefunden wurde." Immer noch war sie blass, ihre Augen sahen ihn traurig an. Als sie am Weiher ankamen, ging Gloria langsam an der Burganlage entlang, setzte sich auf eine Bank und blickte mit tränennassen Augen auf das Wasser. Das war gestern und heute doch etwas zu viel für sie. Die Tränen kamen ungefragt und ließen sich nicht stillen. Sie schlug die Hände vor ihr Gesicht. Frank setzte sich neben sie und wiegte sie in den Armen, bis sie sich wieder beruhigt hatte. „Bring mich bitte zurück!", flüsterte sie ihm ins Ohr. Langsam standen beide auf und gingen zurück zum Auto. Koschinski hatte sich inzwischen die rechte Ecke des Weihers angeschaut mit dem Ablauf. Von Schilf war jetzt nichts mehr zu sehen, alles war sauber. Aber es waren ja auch 15 Jahre vergangen, seit der Renovierung des Weihers.

Als sie endlich wieder in Frankfurt ankamen, verabschiedete sich Koschinski. „Ich melde mich morgen und dann können wir ein Treffen vereinbaren, eventuell schon morgen Nachmittag oder übermorgen. Hängt davon ab, wann ich die Berichte meiner Leute bekomme. Bis dann." Damit war er verschwunden. Frank brachte Gloria zu ihrem Appartement. „Bitte, lass mich jetzt nicht alleine."

Gloria liefen schon wieder die Tränen. Frank nahm ihre Hand und ging mit ihr nach oben.

Am späten Nachmittag beschlossen Gloria und Frank, zu dem kleinen Italiener um die Ecke zu gehen und eine Pizza zu essen. Danach schlenderten sie durch den kleinen Ort Buchschlag. Gloria kam langsam wieder zur Ruhe.

Am nächsten Morgen küsste Frank Gloria, die noch zu schlafen schien, kurz, um sich zu verabschieden. Doch sie war fast wach und schlang ihm ihre Arme um den Hals. Der Kuss dauerte etwas länger. „Ich muss ins Präsidium. Wenn Koschinski angerufen hat, sag ich dir sofort Bescheid und hol dich ab." „Ich kann doch mit dem Zug fahren. Ich brauch noch ein bisschen Zeit, um mir alles von gestern nochmal durch den Kopf gehen zu lassen. Außerdem habe ich Jenny versprochen, mich bei ihr zu melden. Ich könnte doch gegen Mittag ins Präsidium kommen. Dann könnten wir zusammen etwas essen gehen. Vielleicht steht dann ja auch schon der Termin mit Koschinski."

Frank überlegte kurz, dann nickte er bestätigend, drückte Gloria noch einen Kuss auf die Lippen und ging. Gloria sank zurück auf ihr Kissen, legte den Arm über die Augen und war kurz darauf eingeschlafen. Drei Stunden später schrak sie aus einem Alptraum auf, sah auf die Uhr und setzte sich an den Bettrand. Schon waren die Erinnerungen an den Traum verblasst. Nach einer heißen Dusche ging es ihr besser. Als sie angezogen war, griff sie zum Telefon und wählte die Nummer ihrer Freundin Jenny. Es wurde ein langes Telefonat. Auf dem Weg zum Bahnhof kaufte sie ein belegtes Brötchen, um ihren knurrenden Magen zu beruhigen.

Als sie endlich am Präsidium ankam, begrüßte sie der Pförtner schon wie eine alte Bekannte. Er ließ sie hinein und Gloria ging in den 1. Stock zu Frank Storms Büro. Es war leer. Ein Kollege von ihm erklärte ihr, dass Storm auf einer Besprechung sei, aber bald wieder zurückkommen müsse. Gloria schaute auf die Uhr. Es war fast zwölf. Sie nahm eine Zeitschrift und setzte sich an den Besuchertisch, konnte sich aber nicht auf den Text konzentrieren. Sie war so nervös, dass sie aufsprang, durch das Zimmer lief, sich hinsetzte, die Zeitung aufnahm, kurz durchblätterte, ohne etwas davon wahrzunehmen, wieder aufstand und wie ein Löwe im Käfig ihren Rundweg durch das Zimmer aufnahm. Endlich ging die Tür auf, Gloria fuhr erschrocken herum und stand direkt vor Frank. „Wartest du schon lange? Entschuldige, ich hatte noch eine Besprechung, die etwas länger gedauert hat." Storm machte die Tür hinter sich zu, nahm Gloria kurz in den Arm und gab ihr einen Kuss. „Übrigens, Koschinski hat heute Morgen schon angerufen. Es dauert noch ein paar Tage, er will erst einer vielversprechenden Spur nachgehen, bevor er uns die endgültigen Ergebnisse vorlegt. Er sagt mir Bescheid, um einen Termin abzusprechen. Komm, lass uns essen gehen!"

Dann dauerte es doch noch drei ganze, lange Tage, bevor Koschinski sich wieder meldete. Sie vereinbarten einen Termin für den nächsten Tag in einem Lokal in der Hauptwache. Koschinksi war schon da, als Gloria und Frank eintrafen. Er hatte ein halbvolles Bierglas vor sich stehen und eine dicke Akte lag daneben. Sie begrüßten sich kurz, dann bestellte Frank etwas zu trinken für sie beide. Sie hatten sich Koschinski gegenüber gesetzt und blickten ihn erwartungsvoll an.

„Nun, ich kann sagen, mein Team und ich haben die Nuss erfolgreich geknackt. Wir sind fündig geworden. Die ganzen letzten Wochen haben alle mit Hochdruck an dieser Aufgabe gearbeitet. Vier Leute hatte ich darauf angesetzt. Es war vor allem Ermittlungsarbeit vom Telefon aus. Die Spur, die wir noch verfolgen mussten, war der Bruder von Fritz Pfeifer. Wir haben herausgefunden, dass Walter Pfeifer nach dem Krieg in Schwarzmarktgeschäfte verwickelt war, außerdem hatte er ständig Spielschulden. Das führte sogar dazu, dass er Haus und Hof und damit das Geschäft seiner Eltern verspielte. Die Polizei hatte ihm noch Hehlerei und Wechselbetrug nachgewiesen. Dafür saß er über fünf Jahre im Gefängnis. Das geht alles aus seiner Polizei-Akte hervor. Das war der leichtere Teil der Ermittlungen. Nach seiner Entlassung ist er spurlos verschwunden. Die Meldebehörden konnten uns da nicht weiterhelfen. Seine Frau hatte sich scheiden lassen, wir haben ihre Spur aber im Taunus aufgespürt. Soweit war Abraham auch gekommen. Wir vermuten, dass er vor seinem Verschwinden auf dem Weg dorthin war. Über ihn konnten wir leider nicht mehr in Erfahrung bringen.

Dora Pfeifer geb. Knobelbach stammte aus Nauenstein im Taunus. Nach dem Tod ihrer Eltern erbte sie dort das elterliche Haus. Wir vermuteten, dass sie nach ihrer Scheidung dorthin gezogen war. Gestern nun bin ich mit einem Mitarbeiter nach Nauenstein gefahren und wollte mit Dora Pfeifer sprechen. Und jetzt wird es interessant. Nach Auskunft der Nachbarn ist sie vor einigen Monaten plötzlich verstorben. Sie war die Treppe hinuntergestürzt und hatte sich das Genick gebrochen. Der Arzt, der den Totenschein ausgestellt hatte, gab zu, dass Dora Pfeifer überall blaue Flecken hatte, die eigentlich nicht von dem Sturz herrühren konnten. Aber sie roch so stark nach Alkohol, dass er nicht weiter darauf eingegangen war und dies auch nicht im Totenschein erwähnt hatte. Ein Nachbar erzählte, dass Frau Pfeifer von ihren Eltern außerdem ein Grundstück mit einer alten Kate darauf geerbt hätte, weit außerhalb des Dorfes, irgendwo in einem Wäldchen einer angrenzenden Gemeinde. Wo genau die sich befände, wisse er nicht. Ein anderer Nachbar meinte, er kenne den Exmann von Dora, und schon damals, als der sie geheiratet hätte, konnte er ihn nicht leiden. Er sei hier gewesen, kurz bevor sie tot aufgefunden worden war, da habe er ihn in der Straße gesehen."

„Heißt das, dass ihr Exmann sie die Treppe hinuntergestoßen hat? Damit sie nicht sagen kann, wo er sich aufhält?" Frank Storm hatte aufmerksam den Ausführungen von Kroschinski zugehört und seine Schlüsse gezogen. Gloria war blass geworden, sagte dazu kein Wort. Es war einfach unfassbar. Was kam da noch?

Koschinski schaute auf seine Notizen und fuhr fort: „Ich habe versucht, von dem Nachbarn eine genaue Wegbeschreibung zu der alten Kate zu bekommen, aber die einzige Ortsangabe, die der geben konnte, lautete diffus „da hinter dem nächsten Berg irgendwo". Damit konnte ich nun wirklich nichts anfangen. Also bin ich zur Gemeindeverwaltung gegangen und dort zum zuständigen Katasteramt, wo ich nach längerer Diskussion wenigstens einen Namen und eine Kopie der entsprechenden Flurkarte erhalten habe. Nächste Woche werden wir dieser Hütte einmal einen Besuch abstatten."

„Aber nicht alleine. Da werde ich mich auf jeden Fall anschließen, ganz offiziell, als Polizist, mit Eskorte!" Frank Storm war fest entschlossen. Womit er allerdings nicht gerechnet hatte, war, dass Gloria genauso fest entschlossen war auch mitzukommen. „Es geht hier doch um mich, um meine Vergangenheit. Ich habe mehr als alle anderen ein Recht darauf, mitzukommen. Bitte!" Große blaue Augen blickten Frank flehend an. Da konnte er nicht nein sagen, Koschinski auch nicht.

Da gibt es allerdings noch etwas, was wir herausgefunden haben bei unseren Recherchen. Ich habe mich immer wieder gefragt, warum dieses Familiendrama so ausgeartet ist. Ich glaube, wir haben den Grund dafür gefunden. Es ging um Geld, viel Geld. Bei unseren Nachforschungen sind wir auf ein altes Dokument beim Amtsgericht gestoßen. Es war ein notarieller Vertrag zwischen Fritz und Walter Pfeifer, wonach Fritz seinem Bruder einen großen Geldbetrag geliehen hatte, der noch im August 1954 fällig geworden wäre. Wir waren dann neugierig und haben nachgeforscht, wie Fritz so kurz nach dem Krieg zu einem solch großen Geldbetrag kam. Man sollte es nicht glauben, aber er hatte in einer Lotterie gewonnen. Einer meiner Mitarbeiter hat einen Bekannten bei der Lottogesellschaft. Der hat uns freundlicherweise mit alten Unterlagen und Informationen aus der Zeit damals geholfen und uns bestätigt, dass es schon damals sogenannte Lotteriestände gab, die einzelne Lose verkauften. Für ganz Deutschland gab es dann ein oder zwei Hauptgewinne. Offensichtlich hatte Fritz Pfeifer damals einen solchen Hauptgewinn gezogen. Damit wollten er und seine Frau die Auswanderung finanzieren. Außerdem hatten sie Bargeld vom Hausverkauf dabei, als sie von Walter Pfeifer abgeholt wurden, der sie zum Schiff nach Bremerhaven fahren wollte. Das hat uns ein Nachbar aus Dreieichenhain erzählt, der damals alles miterlebt hat. Er ist jetzt schon über 90 Jahre alt, aber geistig noch ganz gut drauf." Kroschinski sah kurz fragend zu Frank Storm. Dieser nickte.

„Das letzte Puzzle-Stück, das noch fehlte, ist die Information, die ich gestern vom Labor bekommen habe. Die DNA von den im Jahre 1968 im Hainer Burgweiher gefundenen Knochen und Ihre DNA, Miss Walker, stimmen überein. Dort wurden Ihre

Eltern und Ihr Bruder versenkt, ermordet. Sie sind nie aus Dreieichenhain herausgekommen."

„Oh mein Gott!", war alles, was Gloria herausbrachte. Sie schlug die Hände vors Gesicht und weinte. Frank hielt sie eng umschlungen, konnte sie aber erst mal nicht trösten. Es war ein Schock für sie und es würde eine Zeitlang dauern, bis sie ihn überwunden hatte.

Eine halbe Stunde später waren ihre Tränen versiegt, und langsam stieg eine für sie ganz untypische Wut in ihr auf. Sie wollte, dass dieser Brudermörder für seine Tat bezahlte.

„Warum hat er mich nicht auch umgebracht?", fragte sie Storm und Koschinski. „Das wird er wohl nur selber sagen können, sofern er noch lebt und wir ihn finden. Vielleicht traute er sich damals nicht, oder die Zeit war knapp. Außerdem könnte ich mir vorstellen, dass das Körbchen nicht mehr lange geschwommen wäre. Du hattest einfach großes Glück, dass der General rechtzeitig am Weiher war." Frank Storm konnte seine Entrüstung über so viel Schlechtigkeit kaum verbergen. Er hatte schon so Einiges erlebt in seiner beruflichen Laufbahn, aber so etwas war ihm noch nie begegnet.

Bevor Koschinski aufbrach, dankte Gloria ihm mehrmals für seine Arbeit. Sie vereinbarten einen Termin mit Uhrzeit für die Fahrt in den Taunus in der nächsten Woche. Bis dahin wollten Gloria und Frank sich etwas ablenken und die Geschichte verarbeiten.

1983 – August

Frühmorgens bei strahlend blauem Himmel hatten sie sich auf den Weg in den Taunus gemacht. Die Nacht davor hatte Gloria bei Frank verbracht, ruhelos, schlaflos, doch sicher geborgen in seinen Armen. Frank Storm hatte einen Kollegen mitgenommen, sie fuhren ein Zivilfahrzeug der Kriminalpolizei. Vorsichtshalber hatten beide ihre Waffen eingesteckt. Koschinski und ein Mitarbeiter folgten ihnen in einem zweiten Wagen.

In Nauenstein hatten sie sich nach dem Klausnerhof erkundigt. So hieß die kleine Kate, die Dora Pfeifer von ihren Eltern geerbt hatte, außer ihrem Elternhaus. Die Wegbeschreibung war sehr ungenau. Außerhalb, weit draußen, hieß es. Den Feldweg entlang bis zu den Hecken, dann immer weiter durch das Gras bis zum Wäldchen und dann rechts ab. Mitten zwischen den Bäumen sollte der Hof sein. Dort könnte sich eventuell der Ex-Mann von Dora Pfeifer verkrochen haben. Vor einem halben Jahr war sie verstorben, die Treppe hinuntergestürzt. Die Leute munkelten, dass ihr Ex sie geschupst hätte. Seit vielen Monaten oder gar Jahren hatte keiner mehr den Mann gesehen. Gemunkelt wurde, dass dort auf dem Klausnerhof ein sehr seltsamer und vor allem Dingen gefährlicher Kerl hause. Keinen ließe er auf seinen Hof. Sie sollten aufpassen, hatte man ihnen gesagt. Mehr war aus den Leuten nicht rauszukriegen gewesen, dann waren die Türen zugeschlagen worden. Fremden gegenüber war man schon immer sehr verschlossen und misstrauisch gewesen.

Die Flurkarte war nicht gerade sehr ergiebig gewesen; dort, wo die Kate sein sollte, war nichts eingezeichnet. Aber den Feldweg hatten sie trotzdem gefunden, den waren sie soweit es ging, entlang gefahren und hatten das Auto am Anfang des Wäldchens stehen gelassen. Das Gras war zu hoch gewesen und die Hecken hatten den Weg fast unsichtbar werden lassen. Hier war schon lange kein Fahrzeug mehr gefahren, weder Auto noch Traktor. Nur ein Trampelpfad führte an den Hecken entlang in den Wald, ob von Mensch oder Tier war nicht zu ergründen. Nach einiger Zeit waren an manchen Stellen zwischen den Heckenbüschen so etwas wie die Überreste eines Jägerzaunes zu erkennen. Es war ziemlich düster hier.

Vorsichtig gingen sie weiter, versuchten, so wenig Geräusche wie möglich zu machen und die Bäume als Deckung zu benutzen. „Hier kann doch niemand mehr wohnen, sind wir hier wirklich richtig?" fragte Gloria. „Es muss hier sein!", meinte der Kommissar Frank Storm wortkarg und auf die Umgebung konzentriert. Er ging voraus, Kroschinski hinterher. „Iiihh, was ist denn das hier?" Gloria hatte etwas auf dem Jägerzaun gesehen. Ihre Begleiter schauten es sich genau an. „Katzenköpfe, getrocknet, mumifiziert. Vielleicht deshalb dieser komische Geruch."

„Ich rieche es auch schon eine ganze Zeitlang und es scheint immer stärker zu werden. Was ist das? Landluft?" Gloria schüttelte angeekelt den Kopf.

„Nein, das riecht nach Verwesung. Den Geruch kenne ich aus der Gerichtsmedizin."

Vorsichtig gingen sie weiter, Gloria hielt sich dicht an ihren Frank. Der Geruch hatte sich inzwischen in penetranten Gestank verstärkt. Dann tauchte urplötzlich zwischen den Bäumen so etwas wie eine Behausung auf. Eine Kate, halb verfallen, das Dach wies Löcher auf, an einer Seite lag ein halb mit Unkraut zugewucherter Misthaufen. Daneben hatte jemand die Überreste von Tierkadavern hingeschmissen, obwohl man das nicht so genau auf den ersten Blick sagen konnte. Aber für den Seelenfrieden war es wohl besser zu glauben, dass es mal Tiere gewesen waren. Gloria und ihre Begleiter konnten ihren Augen nicht trauen. Knochen, ein Berg von Knochen. Oh Gott, oh Gott, wo waren sie denn hier hinein geraten. Gloria stand erstarrt, die Augen weit aufgerissen vor Ekel und Entsetzen, sie konnte es nicht glauben, ein Alptraum war das.

„Du rührst dich nicht vom Fleck, Darling, wir gehen um das Haus. Heribert, du und dein Kollege rechts um das Haus, ich mit meinem Kollegen links herum. Mal sehen, ob hier überhaupt jemand wohnt." Schon waren sie weg, allerdings hatten sie alle zur Vorsicht ihre Waffen gezogen. Gloria sah ihnen nach. Dann blickte sie um sich, sie stand vor einem alten, dicken Baumstamm, die Äste bogen sich herunter und verdeckten ihr die Sicht auf der rechten Seite zum Haus hin. Sie machte einen Schritt vorwärts, um besser sehen zu können und schrie laut auf. Etwas Pelziges hatte ihr Gesicht gestreift.

Dann geschah alles sehr schnell. Sie schaute nach oben, dort hing der Kadaver eines Hasen, seine nach unten hängenden Ohren hatten sie berührt. Als sie wieder zum Haus sah, stand dort in der offenen Tür der Kate ein Untier, ein Monster. Anders konnte sie es nicht beschreiben. Sie wollte aufschreien, aber die Laute blieben ihr in der Kehle stecken. Vor lauter Panik konnte sie sich keinen Millimeter bewegen. Ihre Füße waren wie eingewachsen. Keine dreißig Meter vor ihr stand ein Mann, sie glaubte wenigstens, dass es ein Mann war. Seine Haare waren verfilzt und standen vor Dreck und Schmutz starrend zu Berge, das Gesicht war mit Grind und Geschwüren bedeckt, die Kleider zerrissen, verdreckt, die Hose ausgefranst, an den schmutzigen Füßen hatte er gestrickte Socken mit großen Löchern. Warum trug er keine Schuhe, fragte sich Gloria. Das Schlimmste aber an diesem Individuum waren seine irren Augen, die keine Sekunde auf einen Fleck schauten, immer hin und her irrten und sie schließlich entsetzt anstierten. Dann machte er ein paar Schritte vorwärts, riss den Mund auf, schwarze Zahnstummel kamen zum Vorschein. Der Schrei, der ihr entgegen hallte, hatte kaum etwas Menschliches mehr an sich.

„Du bist tot, tot bist Du!" schrie ihr der Unhold entgegen. Und dann sah Gloria sie, die Axt, die er in der rechten Hand hielt. Er hob den Arm mit dieser Axt, machte einige schnelle Schritte auf sie zu, schrie unartikuliert auf, und sie wusste, er wollte sie damit erschlagen. Sie schrie aus Leibeskräften um Hilfe, diesmal kamen die Töne laut genug aus ihrer Kehle, doch sie konnte sich immer noch nicht bewegen. Ihr Blick war auf die Axt fixiert und auf dieses Untier, dann knickten ihr die Knie ein, ihr wurde schwarz vor Augen und sie fiel nach hinten zu Boden. Zum ersten Mal in ihrem Leben war sie ohnmächtig geworden. Sie bemerkte nicht mehr, dass der Mann zur gleichen Zeit keine fünf Meter vor ihr gestoppt wurde, wie von einer unsichtbaren Faust. Wie er kurz vor ihr zu Boden fiel und sich nicht mehr rührte. Die Axt in seiner Hand lag keinen Meter von ihr entfernt im Gras. Sie sah auch nicht den Kommissar, der hinter der Hausecke hervorgetreten war und jetzt die rauchende Pistole in der Hand hielt. Er hatte ihr das Leben gerettet. Allerdings war sein Gesicht leichenblass. Beinahe wäre ihm das Herz stehen geblieben. Gott sei Dank war er gerade rechtzeitig um die Ecke gekommen und hatte instinktiv reagiert. Sein Kollege war fast zeitgleich bei ihm, hielt seine Pistole ebenfalls mit beiden Händen, um sofort reagieren zu können, falls noch Leben in dem Kerl war.

Als Gloria wieder zu sich kam, merkte sie, dass sie im weichen Gras lag. Das Haus war ihren Blicken entschwunden. Frank beugte sich über sie, küsste sie zärtlich, lächelte sie an und meinte: „Das war ganz schön knapp. Warum bist du nicht weggerannt? Geht's wieder? Ich hab die Kollegen schon benachrichtigt. Aber das wird etwas dauern, bis die hierher finden. Übrigens, ob der Unmensch, der da aus der Tür gerannt kam und mit der Axt auf dich losging, tatsächlich der Bruder deines Vaters gewesen ist, wird die Untersuchung ergeben. Scheinbar war er total durchgedreht, verrückt geworden. Das ganze Anwesen muss durchsucht werden. Die Spurensicherung wird sich freuen. Die Knochen dort auf dem Berg scheinen von Tieren zu stammen, aber auch das muss noch geprüft werden. Der Misthaufen und das ganze Dreckloch von Haus muss auf jeden Fall auch noch untersucht werden. Vielleicht finden sich ja noch Spuren des Detektivs Lothar Abraham, der verschwunden ist." Dass er unter den vielen skelettierten Knochen tatsächlich die toten, starren Augen eines menschlichen Gesichtes gesehen hatte, verschwieg er Gloria lieber. Erst einmal hatte sie genug Schrecken für diesen Tag erlebt.

Bei den letzten Worten war Gloria wieder ganz bleich geworden. Sie setzte sich auf und beugte den Kopf nach vorne zwischen die Beine. „Ich muss hier weg, raus aus diesem Gestank. Mir ist so schlecht. Ich geh zum Auto zurück, da kann ich gleich deinen Kollegen den Weg zeigen." Schon war sie aufgesprungen und ging so schnell sie konnte den Waldweg entlang zurück zu den Autos. Ihr war schwindlig. Dort lehnte sie sich an den Wagen, holte tief Luft und sog den würzigen Duft der Wiesen ein. Dabei überdachte sie das soeben Erlebte. Es war alles so unwirklich. Hatte sie das wirklich gerade erlebt? Ein Alptraum. Die Rede von Frank, als sie wieder zu sich gekommen war, so viele Worte, und so schnell, hatte er noch nie zu ihr gesprochen. Das musste der Schock sein. Er hatte ja gerade einen Menschen erschossen. Und wie er sie so besorgt und liebevoll angeschaut hatte, ihr wurde warm ums Herz. Ihre Gefühle für ihn wollten sie überwältigen. Wieder stiegen ihr Tränen in die Augen. Aber jetzt musste sie erst mal diesen Tag und das Erlebte verdauen.

In der Ferne hörte sie die Martinshörner. Die Kavallerie rückte an. Kurze Zeit später wimmelte es auf dem Bauernhof von weiß bekleideten Menschen mit Atemmasken und Handschuhen, die Ermittlungen hatten begonnen. In der Kate wurde ein zerfledderter Karton mit einigen Unterlagen von früher gefunden, u.a. auch den von Fritz Pfeifer aufgesetzten Vertrag über die Verleihung der Darlehenssumme, und vor allem fand die Polizei die Pässe von Fritz und Magdalena Pfeifer. Damit stand einwandfrei fest, dass Walter Pfeifer seinen Bruder und dessen Familie aus reiner Habgier umgebracht hatte. Warum er das neugeborene Töchterlein nicht auch getötet hatte, konnte er nun nicht mehr beantworten.

Unter dem Knochenberg fanden die Ermittler die verweste Leiche von Lothar Abraham, sein Wagen wurde aus der Jauchegrube geborgen. Damit konnte die Suche nach ihm eingestellt werden. Er war offensichtlich mit einer Axt erschlagen worden.

Gloria blieb noch den ganzen August über in Frankfurt. Sie genoss die warmen Sommertage mit langen Spaziergängen am Main entlang, war aber auch viel und oft mit Frank zusammen. Aber irgendwann bekam sie doch Heimweg nach Boston. „Was hältst du davon, wenn ich mit dir nach Boston fliege?", meinte Frank eines Tages zu ihr. Dabei hielt er sie ganz fest im Arm. In den letzten Wochen hatten sie immer wieder über eine gemeinsame Zukunft gesprochen. Langsam blühte Gloria wieder auf, der traurige Blick in ihren Augen war verschwunden.

Sie hatten auch noch einmal die Verwandte in Dreieichenhain besucht und ihr alles über die ungeheuerliche Tat erzählt. Die Geschichte machte in dem Ort schnell die Runde und die Empörung unter der Bevölkerung war groß. Der Burgweiher wurde eine Zeitlang zum Wallfahrtsort, alle wollten den Tatort sehen. Jetzt allerdings, nach ein paar Wochen, war die Neugier wohl befriedigt. Die Normalität war wieder eingekehrt.

1983 – September - Dezember

In der ersten Septemberwoche flogen Gloria und Frank nach Boston. Glorias Freundin Jenny holte sie am Flughafen ab. Gloria hatte mit ihr telefoniert und Jenny hatte die beiden für die erste Nacht zu sich eingeladen. Sie war zu neugierig und wollte die ganze Geschichte aus erster Hand persönlich von Gloria hören, und sie wollte natürlich Frank Storm kennenlernen, von dem Gloria ihr schon so viel vorgeschwärmt hatte. Es wurde eine lange Nacht. Am nächsten Tag fuhr Jenny die beiden zu Gloria nach Hause. Gloria war lange weg gewesen und als sie jetzt den Garten sah, war sie sehr erstaunt. Er war nicht, wie befürchtet, total verwildert, sondern hier hatte der Gärtner alles zum Grünen und Blühen gebracht. „Ich wusste, wen du immer mit den Gartenarbeiten beauftragst, wenn du mal nicht da bist. Also habe ich deinem Gärtner Bescheid gegeben, damit er alles in Ordnung bringt, bevor du ankommst." Jenny lachte Gloria an. „Die Rechnung liegt auf der Kommode im Flur!" Schließlich hatte sie einen Schlüssel zum Anwesen. Gloria war ja nicht zum ersten Mal länger weg gewesen. Sie war erleichtert und umarmte ihre Freundin. Jenny verabschiedete sich von beiden und Gloria ging mit Frank ins Haus.

Es fiel Gloria sehr schwer, sich nach zwei Wochen von Frank zu trennen, aber er musste wieder zurück nach Frankfurt. Seine Arbeit rief. Sie hatten zwar über eine gemeinsame Zukunft gesprochen, aber er hatte nicht die berühmte Frage gestellt. Sie telefonierten wieder stundenlang. Um ihre innere Unruhe zu verdrängen, arbeitete Gloria fast Tag und Nacht an ihrer Kollektion. Sie hatte jede Menge Ideen aus Deutschland mitgebracht. Einige davon hatten auch mit ihrer Mutter zu tun. Im Frühjahr sollte ihre erste große Modenschau stattfinden. Bis dahin musste alles fertig sein. Die aus Frankfurt mitgebrachten Accessoires und Stoffe verarbeitete sie an ganz besonderen Kleidern. Die Zeit verflog schneller als gedacht. Im Dezember flog Gloria nach Deutschland und feierte dort mit Frank Weihnachten und Silvester. Im neuen Jahr wollte Frank wieder nach Boston kommen, zu ihrer Modenschau. Sie waren beide immer noch so verliebt wie am ersten Tag. Wenn sie sich berührten, knisterte es immer noch. Trotzdem hatte Frank immer noch nicht die entscheidende Frage gestellt.

1984 – März

Seit einigen Monaten hatte sie ihre Entwürfe weiter entwickelt, hatte neue entworfen, genäht, überwacht, eingeteilt, die Arbeiten verteilt, Stoffe eingekauft, Zubehör, Hüte, Schuhe, Schmuck, alles musste bis ins Detail passen, bis endlich die ganze Kollektion stand. Sie hatte eine ganze Palette Kleidung entworfen für die normale Frau von der Straße. Ihre Freundin Jenny war ihr eine große Hilfe. Sie war seit zwei Jahren verheiratet und Mutter einer ganz süßen Tochter, Rosie, geworden. Gloria war die Patentante der kleinen Rosie und ganz vernarrt in sie. Zwischen all dem Stress hatte Gloria noch Zeit gefunden, ein paar ganz süße kleine rosa Kleidchen für Rosie zu nähen, sehr zum Entzücken ihrer Mutter.

Wann immer Jenny Zeit erübrigen konnte, half sie ihr bei den Näh- und Organisationsarbeiten. Dann hatte Gloria alle ihre früheren Kolleginnen von den Laufstegen eingeladen und alle hatten zugesagt. Die Eröffnung ihrer eigenen Modelinie mit ihren eigenen Modellen hatte sie extra auf eine Zeit außerhalb der internationalen Fashion Weeks gelegt, damit alle kommen konnten. Heute war der große Tag. Seit einer Woche war es warm, fast schon wie im Frühsommer. Die Blumen blühten, die Sonne schien vom blauen Himmel und jeder Sitzplatz in der Stadt war mittags belegt. Jeder genoss die Frühlingssonne, wann immer es ging.

Die Eröffnung rückte immer näher. Schon war die Dämmerung hereingebrochen. Gloria war so nervös, dass sie weder still sitzen noch stehen konnte. Seit zwei Wochen hatte sie nichts mehr von Frank gehört. Das trug noch zu ihrer Nervosität bei, obwohl Jenny sie beruhigte. Sie tigerte in dem großen Raum hin und her wie eine Löwin auf der Pirsch, straffte da eine Falte, ordnete dort ein Detail, dann wieder zurück. Sie wollte überall gleichzeitig sein, bis sie endlich einen mahnenden Blick, begleitet von einem Kopfschütteln ihrer Freundin Jenny auffing. Von Anfang an war Jenny dabei gewesen, wann immer sie Zeit erübrigen konnte, hatte die Organisation der Veranstaltung in die Hand genommen, damit sie sich ganz auf die Kleiderkollektion konzentrieren konnte. Außerdem war Jenny eine fantastische Buchhalterin. Sie war die allerbeste Freundin, die Gloria sich vorstellen konnte. Was Gloria allerdings nicht wusste, war, dass Jenny mit Frank in Kontakt stand. Er war dabei, seine Wohnung in Frankfurt aufzulösen, in Boston die neue Stelle, auf die er sich im Herbst beworben hatte, anzunehmen und er wollte endlich nach der Modenschau um Glorias Hand anhalten.

Gloria ging in die hinterste Ecke des Raumes, wo ein kleiner Schreibtisch für sie stand, setzte sich und nahm ihre Handtasche auf den Schoß. Sie holte zwei Fotos heraus. Die Frau, die ihr diese Fotos gegeben hatte, war ihr nur zweimal begegnet. Es war die Tochter der Kusine ihrer Mutter, die ihr diese Fotos aus dem Nachlass ihrer eigenen Mutter geschenkt hatte, als vor knapp einem Jahr in Deutschland das

Drama um Glorias leibliche Eltern aufgedeckt worden war. Das Schicksal ihrer Eltern, ihres Bruders, ihrer deutschen Verwandten. Es lebten nicht mehr viele direkte Verwandte, die Linie ihres Vaters war schon in den 60er Jahren fast ausgestorben – und vor einem halben Jahr auch sein Bruder und Mörder. Es würde noch länger dauern, bis sie die ganzen Ereignisse und den Schock überwunden haben würde.

Die beiden Fotos waren schon sehr vergilbt und zeigten ein junges Paar, das einzige Zeugnis, das ihr von ihren leiblichen Eltern geblieben war. Sie waren sehr jung auf den Fotos, das eine war 1939 aufgenommen worden, zu ihrer Verlobung, wie eine Notiz auf der Rückseite zeigte, das andere zu ihrer Hochzeit im Jahr 1949. Ihre Mutter hatte schulterlange lockige dunkle Haare, die sie an den Seiten hochgesteckt hatte, große, dunkle Augen, einen lachenden Mund, eine schlanke, zierliche Figur, nicht besonders groß. Gloria war das genaue Ebenbild von ihr, nur war sie etwas größer. Scheinbar hatte sie das Aussehen von ihrer Mutter und die Größe von ihrem Vater geerbt. Kein Wunder, dass der Bruder ihres Vaters so entsetzt gewesen war, als er sie erblickt hatte. Glaubte er doch, dass sie, also ihre Mutter, da plötzlich vor ihm stand. Ihr Vater war groß, schlank, hellblonde Haare, ein offenes schmales Gesicht und gewinnendes Lächeln. Auf dem ersten Foto trug ihre Mutter ein weißes Kleid mit wadenlangem Tellerrock, das Oberteil ohne Ärmel, eng anliegend mit weitem Ausschnitt. Der Saum des Kleides war mit einigen roten Rosen bestickt, eine Rose zierte einen Träger. Auf dem Hochzeitsfoto trug sie das gleiche Kleid, nur hatten sich die Rosen darauf vermehrt, unten am Saum und auf dem Rock, sie rankten sich dort hoch zur Taille, weiter hinauf über den Ausschnitt und einem Träger nach hinten auf den Rücken. Das Hochzeitskleid war mit einem Mantel oder ähnlichem aus zartem weißen Voile ergänzt worden.

Dieses Kleid hatte Gloria inspiriert und auf eine Idee gebracht, die sie auch sofort für ihre Kollektion in die Tat umgesetzt hatte. Heute Abend sollte Premiere sein.

Ihre Freundin Jenny kam zu ihr nach hinten. „Der Saal ist voll, in zehn Minuten fangen wir an. Bitte komm jetzt bitte nach vorne, auf deinen Platz! Alles wird gut, toi, toi, toi!" Ihre Aufregung hatte sich langsam gelegt. Gloria steckte die Fotos weg, stand auf und ging zusammen mit ihrer Freundin zur Bühne. Jenny war ihr bei der ganzen Planung eine große Hilfe gewesen und würde zukünftig auch die Boutique leiten, die Gloria in der Innenstadt von Boston eröffnen wollte. Hinter dem Vorhang wagten beide einen kurzen Blick hinaus in den Saal. Die ersten Models standen schon in einer Reihe, das Licht ging aus, die Spots an und dann begann die Show. Alles lief glatt, die Planung war einfach perfekt vorbereitet.

Endlich – nur noch einmal alle umziehen, dann das letzte Kleid und es war geschafft. Gloria hatte ihre eigene Modelinie, ihre erste eigene Modenschau. Es waren alle gekommen, die sie eingeladen hatte.

Durch die guten Kontakte aus ihrer Zeit als Model in den vergangenen Jahren war die Liste lang gewesen: ehemalige Kolleginnen, Modeschöpfer, Prominente, der Saal war brechend voll. Mit jedem Kleid war der Jubel größer geworden. Wieder brandete Beifall auf. Die Models kamen herein. Klara war schon fertig für das große Finale, neben ihr standen sprungbereit die 4 schwarz gekleideten Statisten. Jetzt war auch Gloria an der Reihe. Sie dachte an ihre Eltern, ihre leiblichen und ihre Adoptiv-Eltern, und eine große Ruhe senkte sich über sie. Im Saal gingen die Lichter aus.

Er hatte sich ganz hinten in die letzte Reihe gestellt. Die Show war gut. Von hier aus hatte er einen perfekten Blick auf das Geschehen. Sie sollte ihn nicht sofort erkennen, denn dann wäre die Überraschung umso größer. Auf dem Flug nach New York hatte er sich ausgemalt, was für ein Gesicht sie wohl machen würde, wenn sie ihn sah. Er freute sich wie ein Schneekönig. Schließlich hatte er ihr nicht verraten, dass er heute kommen werde, für immer bleiben wollte. Damit wollte er sie einfach nur überraschen. Hoffentlich hatte sie in diesem ganzen Trubel Zeit für ihn. Gut, dass Jenny Bescheid wusste. Aber Gloria und er hatten ja immerhin fast jeden Tag miteinander telefoniert. Seine Telefonrechnung war zum Schluss exorbitant hoch gewesen. Er war aufgeregt wie ein kleines Kind. Seine Hand tastete nach seiner Jackentasche, es war noch da. Heute wollte er es wagen. Da war sie endlich – oben auf der Bühne erklang ihre Stimme!

Gloria hielt das Mikrofon dicht vor ihr Gesicht. Tausendmal hatten sie diese eine Szene geprobt. Es würde schon schief gehen. Alle standen in Position. Eine Glocke ertönte. Stille im Saal, man hätte eine Stecknadel fallen hören können. Die Zuschauer hielten den Atem an. Langsam bewegten sich vier kleine Lichtpunkte am Laufsteg außen entlang durch die Dunkelheit. Unsichtbar für den Zuschauer gingen die vier schwarz gekleideten Statisten und das Model auf dem Laufsteg zwischen den Lichtpunkten vor bis zum Rondell. Die vier Männer hielten mit hocherhobenen Armen einen Schleier über das Model, das nur als Schatten im Dunkeln sichtbar war. Dann sprach Gloria ins Mikro: „Jede Modenschau wird mit einem Brautkleid abgeschlossen." Keiner konnte sie sehen, nur ihre Stimme drang klar und deutlich bis in den hintersten Winkel des Saales. Die Spannung stieg, es war mucksmäuschenstill. „So auch heute. Aber dieses Kleid ist für mich etwas ganz Besonderes. Ich widme dieses Kleid meiner verstorbenen leiblichen Mutter. Ich hatte nie das Glück, sie kennenzulernen. Aber sie hat mir etwas ganz Wundervolles hinterlassen, mir etwas Einzigartiges vererbt: Ihre große Leidenschaft für Mode, ihre Kreativität, ihre Begabung. Dafür möchte ich ihr heute auf diesem Wege Danke sagen."

Mein Gott, dachte er, da bekommt man ja eine Gänsehaut, vor allem, wenn man die Vorgeschichte kennt. Das ist perfekt inszeniert, schoss es ihm noch durch den Kopf. In diesem Moment begehrte und liebte er sie wie nie zuvor. Ein Leben ohne sie konnte er sich einfach nicht mehr vorstellen.

Eine Klingel ertönte, dann begann leise eine orgelartige Musik zu spielen, eine Musik, die ihm nur zu vertraut war. Das war die Drehorgelmusik aus dem Karussell von Schneider, das er vom Wäldchestag in Frankfurt und natürlich von der Kerb in Dreieichenhain her kannte. Er hatte dieses Karussell Gloria im letzten Jahr gezeigt, als sie dort waren. Für das internationale Publikum hier im Saal allerdings musste das ein äußerst exotisches Gehör-Erlebnis sein. Aber die Musik klang wie original gespielt, sie kam aus der Kulisse. Dann sah er den Drehorgelspieler, er stand auf der linken Seite des Laufstegs, in einen schwarzen Anzug gekleidet, mit weißen Handschuhen und schwarzem Zylinder geschmückt. Dieser Mann kam ihm irgendwie bekannt vor. Dann fiel es ihm wieder ein, wo er ihn schon mal gesehen hatte: auf der Zeil in Frankfurt, dort spielte er oft mit seiner Drehorgel. Gloria hatte ihn dort auch bewundert. Sie musste ihn eingeladen haben. Genial!

Im Takt der Musik hoben sich die vier Lichtpunkte, durchschnitten die Dunkelheit und fingen sich oben in der Decke, um als gebündelter Spot zurück auf die Bühne zu fallen, direkt auf die Braut. Hier erhoben sich die vier schwarz gekleideten und somit fast unsichtbaren Statisten, warfen den Schleier, unter dem die Braut verborgen war, hoch in die Luft und mit ihm die vielen roten Rosenblätter, die sich dort oben über der Braut auf wundersame Weise vermehrten und wieder auf die Braut herabregneten. Die Statisten zogen sich an den Rand des Laufstegs zurück, der Schleier war verschwunden und die Braut stand im hellen Scheinwerferlicht.

Sie trug ein weißes, ärmelloses Kleid mit weitem Ausschnitt, das Oberteil eng anliegend, der bodenlange Rock schwang weit im Kreis, als sie sich langsam im Takt der Drehorgel-Musik zu drehen begann. Der Saum des Kleides war mit Rosen bestickt, die mit zartroten Blütenblättern aus Organza plastisch noch hervorgehoben wurden. Diese Rosen rankten sich in einer schrägen Linie hoch bis zur Taille, um dann über den Ausschnitt hinweg auf dem Rücken zu entschwinden. Ein zarter weißer Organza-Überrock und eine rote Organza-Rose an der Taille ließen das Brautkleid duftig leicht wirken. Im schwarzen Haar steckte ein Kranz mit echten, voll aufgeblühten roten Rosen und weißem Schleierkraut. Ein langer Schleier umrankte die Braut wolkenartig. Die Musik wurde lauter, der Schleier fiel herunter und das Mannequin tanzte im Walzertakt abwechselnd mit den Statisten zurück zum Beginn des Laufstegs, wo Gloria mit den übrigen Models stand.

Frenetischer Beifall brandete auf, das Publikum stand auf und jubelte Gloria zu. Von den Models umringt, ging sie nach vorne zum Rondell. Ihr Blick schweifte über die Menschenmenge und blieb an einem bekannten Gesicht hängen, das noch fast im Dunkel verborgen war und sich gerade langsam ins Licht bewegte und auf sie zukam. Ihr Herz klopfte ihr bis zum Hals, blieb fast stehen. War er es wirklich oder war es eine Illusion? Sie versuchte das Dunkel zu durchdringen, aber er war verschwunden. Sie suchte in der Menge nach ihm, konnte ihn aber nicht entdecken. Von überall drang Beifall an ihre Ohren und sie konzentrierte sich wieder auf ihre Show. Ihre Augen strahlten und sie lachte über das ganze Gesicht, als sie sich jetzt vor ihrem Publikum verbeugte. Derweil bahnte er sich langsam einen Weg zum Laufsteg und stand ihr dann plötzlich gegenüber, fast auf Augenhöhe. Als sie ihn dort beim Aufrichten erblickte, blitzten ihre Augen vor Überraschung auf, ihr Körper kribbelte sofort von oben bis unten und sie strahlte ihn an. Alle Anspannung fiel von ihr ab. Er war gekommen, er war wirklich hier. Er streckte ihr die Arme entgegen und sie ließ sich hineinfallen. „Frank!" Blitzlichtgewitter bebte auf, als sie sich küssten. „Dass du gekommen bist, das ist das schönste Geschenk." Vor lauter Rührung brachte sie kaum einen Ton heraus.

„Du warst grandios, deine Show war grandios!" flüsterte er ihr ins Ohr. Gloria nahm ihn bei der Hand, zog ihn mit hinauf auf den Laufsteg und diesmal ließ sie seine Hand nicht mehr los. Gemeinsam überstanden sie den Abend, er blieb an ihrer Seite, als sie von allen beglückwünscht wurde. Irgendwann flüsterte Jenny ihr ins Ohr: „Gratuliere, er sieht fantastisch aus. Und – deine Auftragsbücher sind voll. Die Show war ein riesiger Erfolg."

Es war schon sehr spät, oder besser gesagt früh morgens, als Gloria ihren Kommissar aus Deutschland endlich ins Taxi zog, um mit ihm nach Hause zu fahren. Er war nervös wie schon lange nicht mehr. Kaum waren sie in dem kleinen Haus in

Williamsburg angekommen, holte er das kleine Päckchen aus seiner Jackentasche. Er fiel vor ihr auf die Knie und klappte es auf. Ein wunderschöner Diamantring strahlte sie an. „Willst Du meine Frau werden?" Gloria strahlte zurück und nickte unter Tränen.

Frank küsste sie lange und innig. „Ich habe auch noch eine weitere Überraschung für dich. Meine Wohnung in Frankfurt habe ich aufgegeben, meinen Job auch. Als ich im September hier war, habe ich mich bei der Kripo hier in Boston beworben. Es hat geklappt. In vier Wochen kann ich bei der Bostoner Polizei anfangen, und vorher heiraten wir. Was sagst du dazu?" Mit einem jubelnden Schrei fiel Gloria ihm um den Hals, dabei riss sie ihn zu Boden. Der Teppich war weich genug, um den Fall abzumildern. Ihr „Ja" war in der ganzen Wohnung zu hören.

Als sie kurz danach aufstanden, bemerkte Gloria, dass im Flur ein großer Koffer, ein Rucksack und eine Reisetasche standen. Fragend blickte sie zu Frank. Der grinste sie an und zuckte mit den Schultern: „Jenny hat mir geholfen und ihr Mann hat das Gepäck vom Flughafen hierher gebracht." Als sie ins Wohnzimmer traten, hielt Gloria die Luft an, es duftete herrlich. Der ganze Raum war ein Blumenmeer — rote Rosen von Frank, Frühlingsblumen von Jenny und ihrem Mann, Freesien mit Lilien und Nelken von ihren Freundinnen. Gloria fiel Frank um den Hals und wollte ihn gar nicht mehr loslassen.

Ende